此生無悔付氍毹

阮兆輝 著

目錄

第三章 筆耕墨痕意態真

第四章 恩師戲寶永流傳

第五章　血汗氍毹此一生

甲、傳統例戲

乙、古老排場

丙、一人千面

丁、氍毹掇英

第六章　不稱手時不稱心

第七章　愚公心志實非愚

自序　此生無悔付氍毹

此書能成，實在波折重重。早在《此生無悔此生》付梓之後，各方熱熾的反應，令我有衝動為我七十年的舞台歲月再留下一鱗半爪，既可報答恩師麥炳榮先生以及列位先賢的教導，也許還可以為後學再多留點有用的資料。誰料一場疫症，打斷了我執筆的意慾，那枝筆比舞台上的刀槍還要重，舞不動亦提不起勁。耽擱了三年，等到我從藝七十年的日子都來了，好友多番勸勉，我也覺得應該為自己的從藝紀念多留一點回憶，無論後學有沒有興趣看這本書，總算完成一份作為前輩應該承擔的責任。

此書名為《此生無悔付氍毹》，不是辜負的「負」，是託付的「付」。我在這張地毯上生活了七十年，絕無悔恨。氍毹上嚐到的酸甜苦辣，是否真的是「血汗氍毹」？子非魚，焉知魚之樂，是癡是愚，如魚飲水，冷暖自知，半生沉醉，自得其樂。回憶起來，我覺得樂趣無窮，亦有無限滿足感，不單是自己一生的收穫，還要是大豐收。

我很喜歡嘗試，很少人像我那樣，小時候已去買鬚口，學做鬚生，學京戲，學老生，學演《宋江》及《轅門斬子》。我除了不愛學花旦，怕扭扭捏捏外，在台上我可算是個百厭星，很多行當我都想嘗試。近年除了正經的老旦我還不敢試外，彩旦我卻敢演。「丑」的寬鬆度很大，我當丑生或女丑來做，至於演得如何？是否正宗？就見仁見智。

演了七十年戲，做過大大小小無數個角色，下過多少工夫呢？撫心自問，其實每個角色我都做過工夫，除了思考怎樣演出之外，連扮相化妝都花過心思。我不希望行出台的，每個角色都是阮兆輝，同一樣的做，同一樣的唱，同一樣的「拉山」，同一樣的扮相。有些角色我刻意地下過很多工夫，很想令這個角色有血有肉，在台上活靈活現，扮相及聲線的運用、台步等，我都會塑造出不同的感覺。我想告訴觀眾，每個角色都是有他的生命。

我在這幾十年間，多多少少也撰寫了一些劇本，算起來也編了二十多齣。有些我十分喜歡，有些仍有瑕疵，需要修改。我如何構思一齣戲？有些是根據歷史來寫，有些是虛構的，再加上戲劇性及可觀性，我都想與大家分享。

我的師父麥炳榮先生為我們留下了很多戲寶，我曾與他共同生活了幾年，在他家裏住，跟他上台演戲。有些戲他是如何去演，如何去思考，我是知道的，令我得益不淺。我希望根據他的演出法，談一談他如何去演繹某一齣戲、某一角色，還有那些私伙介口，那是劇本上所無的。希望除了我以外，其他人都會覺得珍貴，亦希望後學可領略箇中奧妙，不要唱了演了便算。只有用心去演，戲寶才能流傳下去。

我選了《鳳閣恩仇未了情》的耶律君雄劇照作為此書的封面，還要是眼中含淚的，因為我在演戲中，與愛侶分別，試問還能滿臉笑容嗎？此劇是我恩師麥炳榮先生的傳世戲寶，聊作徒兒對他的一點懷念。

我是江湖賣藝人，不是專門做研究的學者，從無資料搜集或收藏的習慣，此書中的資料及相片皆是好友們數十年的心血收藏。全書相片多達四百多幅，有我小時候的劇照，亦有我近年舞台的寫照，篇幅有限，只能挑選一些認為有回憶價值的舞台照片。

我演過的劇目，無法盡錄，為方便查閱，全按筆畫順序，全無褒貶之意，不要誤當最前的便是最好的、最愛的。書中各齣戲寶都是這幾十年來常演的名劇，不論故事內容、角色名稱、人物關係、行當類別，慣常看戲的讀者早已耳熟能詳。我亦大膽假設看這本書的讀者對粵劇有一定的認識，為了省卻一些時間，大家都諳熟的內容，我就不作太多註解。

我不敢奢望此書有傳世價值，但亦不願變成戲曲相片集，只有大量相片而無值得細閱的文字介紹，故也曾花了一點心思去描述相中故事、人物及同台演出者。更嘗試按我曾演出的角色，以行當如小生、小武、老生、鬚生、娃娃生、官生、窮生、丑、彩旦、老旦、花臉等來劃分。我自知太多跨行當演出，常以小生之位，演丑生或老生角色，多少令六柱制變得混亂，故不想以文武生、小生、丑生、武生等來識別。不論演哪個位置，我都會全力以赴，慣常看戲的讀者們，早已熟知誰是正主，誰是幫副。我在角色名稱後標示行當，純粹作為七十年來演過角色的介紹，不能視為金科玉律，以此作準。

當年的拍檔與夥伴，部份也許已退出舞台，或已離開了我們，但他們及她們的舞台光彩，絕對有點石成金之妙，成功是群體的力量，令我深深懷念。

演員不是有天份就可以成功，經過後天的努力、研究及琢磨，才能令璞玉成大器。良工心苦，又有幾多人明白！

阮兆輝書於癸卯年春

【第一章】吾心吾語寄吾願

我的「三心兩意」

我說的「三心兩意」，並不是日常罵人不專心去做一件事的「三心兩意」。我覺得「三心兩意」這個詞，可以運用在學戲需要注意的地方。我說的「三心」是潛心、虛心和真心；「兩意」是敬意和誠意。

「潛心」指的是將自己的心潛到最低，如武俠小說常說的「潛心修煉」。如何「潛心修煉」？就是潛到最底層，才可以看到其他人的好處。如果不將自己潛到最底層，基本就是浮在表面，覺得自己事事皆精，已經足夠，這就不會再有衝勁去求學，不會再有進步，所以「潛心」是「三心」的第一心。

第二是「虛心」，指的是不論別人說甚麼都要虛心聆聽。虛懷若谷，擴闊容量，容納別人的意見和說話。在這幾十年間，我跟隨了很多位師傅，對於有人批評我某位師傅的教法欠妥當，起初我也覺得有沒有弄錯呢？我的師傅是這樣教我的，應該不會有錯。但如果我們不接納別人的意見，就等如抗拒，可能他所說的才是對，你將之摒諸門外，便失去了學習及糾正的機會。

第三是「專心」，即是專注地去學，心無旁騖。譬如今天學唱梆子慢板，就別去想其他曲式，純粹學好梆子慢板。這可能要花上一個月，甚至幾個月，這叫做「專心」。不要今天學的尚未熟習，明天又轉學其他，後天又再學另一樣東西。一套把子都未練好，就請師傅教第二套把子。對一個聰明人來說，或可能一天學兩套把子，但第一套未牢記，就去學第二套，容易得來，容易忘記，易得易失。我常聽人說：「我好聰明，半天就學了一套小快槍，半天就學了一個大架。」你認為自己會打得好嗎？跳得好嗎？有些人是一下一下的去學，先學打「一二三」，即雙方以纓槍作「上下上」三下對碰，然後再學其他。很多師傅都很嚴格，例如，怎樣去揸槍？先去學好揸槍的規矩，然後打好「一二三」。大架先要學好怎樣踏「七星」，踏不好「七星」，就不要學跳大架。其實這是需要專心去學，可能是幾天，或幾個月，甚至更長的時間，必須學好一樣東西，然後才學第二樣。我自己很百厭，甚麼都想學，我又愛學老生，又愛學花臉，但我的本行是文武生及小生，要練打練唱，需先學好本行的基功，那些掛鬚開臉，甚至扮八婆、做小丑，他日再說。這叫做「專心」。

接着就是「兩意」。第一個是「敬意」，如果尊敬自己的行業，就會尊敬這行業的所有東西，謹守先輩留下的藝術、經驗和教誨。很多學戲的人，下意識看不起戲行，對戲行傳統不屑一顧，拋棄傳統，妄言創新。從事戲曲的人，付出的努力與心思，有時與收入是不成正比的。若果你很想付出少，收入多，請你不要從事戲曲。戲曲藝人的收入不是以金錢來衡量的，得來的知識，以及行家和觀眾的認同，才是真正的得益，令你其樂無窮。所以對戲行、對前輩、對藝術心存敬意，是最重要的。

「敬意」之外，就是「誠意」，即是真誠的意思。不論是求學或求藝，必須有誠意，不是玩耍。要當這一行是一門藝術，是一種學問去追求，不是謀生的手段，唱完做完就忘記得一乾二淨，而是要專心誠意地去學好這門藝術。令自己在戲行走紅，其實有很多旁門左道，但如你對這一門藝術有誠意，就不能夠因為你想謀生，或想成名，就隨便亂來。在台上必須用誠意去看待自己的演出。我很討厭沒有誠意的演出，亦討厭在戲台上玩耍，因為觀眾是專誠來欣賞，我們必須真誠地演出。盡了力都演不好，觀眾會原諒你，但如果沒有盡力，觀眾是看得出的，所以我不贊成無誠意的演出。「誠意」與否，大家心知肚明，如果你從不怪責自己沒有誠意的演出，我就覺得很可悲。做這一行，收穫是從誠意而來，不是靠花巧得來的。

戲曲演員應該認真看待「三心兩意」，否則你雖然可以成名，但永遠都不會成功，願各位同行共勉之！

戲是如何煉成的

我初踏台板的時候，對我來說每一齣戲都是新戲，縱使那些已是別人演了幾十年的戲，對我來說都是新戲。譬如演《胡不歸》時，我一定會問前輩：「舊時係點樣演㗎？」當然是指薛五叔（薛覺先先生）怎樣演。有些人會告訴我，薛覺先演得很莊重，很斯文，但我無法從片言隻字得知薛五叔是如何演出的。因為沒有看過，只能夠參照前輩口述，做回薛五叔一些介口動作，而學不到全齣戲應該怎樣去演。有些前輩告訴我，薛五叔當年是背插令旗去演〈別母〉及〈別妻〉兩場戲。後來我看祥叔（新馬師曾先生）演出《胡不歸》，也是插令旗，但他的做法與薛五叔不同，兩派演這齣戲都各有千秋，我們必須去學去問。

如果知道某齣戲由誰人開山或演過，還可以去問，但有些戲連聽都沒有聽過，縱然知道是某人開山，但可能已很久沒有人再演，或開山的前輩已經離世，我們只能從曾經與他同台演出的同業口中，查詢有甚麼地方與別不同的，有甚麼介口，甚至是曲本裏所沒有的。我們會去問一些前輩：「你有冇同乜叔做過？個戲有乜嘢私伙介？」不可以甚麼都不知，甚麼都不問就去演出。

能成為名劇的戲寶，某名演員必然曾下了不少工夫，花了很多心血。某些介口如何做？為甚麼這樣做？我們必須去問。如果是花旦交出來的戲，就去問：「辛苦你！這套戲係邊位開山？有咩特別介口，唔該話我知！」或者「你睇過開山演出嗎？」我與誰人演出，或劇本是由誰人交出來，我就去問那個人，如果他或她答道：「我都唔知嚁。」那就去問誰人開山？有沒有曾經與他演過的前輩？問他當年是如何做法？不是見到滾花，就唱滾花，見到快點，就唱快點，如果可以如斯做法，就不用談「傳承」了，還有甚麼可以「傳」？完全問不到，則作別論。我很希望大家知道，甚麼叫做「傳承」，為甚麼那齣戲會成為名劇？那齣戲令人津津樂道，是因為名演員演得好，那好在何處？你一定要知道。

現在沒有了師徒制，用甚麼方式去「傳承」呢？大班教學不能說不成功，但可否在大班中再挑選一些尖子出來特別栽培？外國院校也有老師挑些較優秀的學生來個別指導，雖然不算是徒弟，但這些學生會常到老師的家再練習。這情況在香港不多見，希望將來會有這個風氣出現。

我很幸運，我的老師們都沒有門戶之見。叩頭拜師的麥炳榮先生，以他的大老倌身份，本來可以不讓我跟其他人學藝，但他見我有不對，一定罵，但從不迫我要學哪一門派。拜師初期，師父已問我跟誰人學唱學做，跟誰人練功，我如實直說後，他說我可以繼續跟他們學，全部都是好師傅，還叫我用心去學。他看到誰人有好的演出，還叫我多些去看去學。除了有些動作他覺得不對或討厭，才不許我去學。所以我現在都認為不應該分門戶，只要適合，就應一代傳一代。縱然師傅教了你，如果你的條件不適合，勉強學來都不會好，事倍功半，所以一定要擇善而學，挑選適合自己條件的來學。

如何去還就自己的條件？就是找一個懂戲的人去看自己的演出，找出問題所在。以前的名演員大多有一群對戲曲有認識，或是眼光獨到、懂得分析的朋友，演員會請他們看戲，看看自己的演出有沒有毛病。能請到輩份高的前輩幫忙當然好，但平輩也不差。我年輕時也常請人看自己的演出，或找班中人幫忙，這本來是好的風氣，但現在好像沒有人會這樣做。很有分析能力、懂戲曲的人不太多，所以現在演出有問題，很難找到人幫忙了。另一個方法是看錄像，找出自己的問題所在，由自己去發現，去修正，但現在有沒有人這樣做，就不得而知了。我自己是這樣做的，希望大家都去做，發現自己的弱點，找自己的錯處。這是很辛苦的事，但要做，嘗試去改，可能未必改得好，亦未必有辦法修正，不過也可以集思廣益，雖然能解決問題的人不多，但希望後學與同業謹慎的去做。現時濫竽充數的人實在太多，但因為行內人手不夠，連不達標的人也有人聘請，以致他們會覺得自己已經達標，不然怎會有人請？我覺得現時的戲行很危險，比較悲觀。

近年，擔任藝術總監的日子多了，如果要為新秀排演一齣新戲，我首先要了解劇本綱領及派角，然後安排演法。我不喜歡為新秀排身段，因為他們是應該懂的，他們是來排戲而不是來學戲，現在是連排戲與學戲也分不清。我與年輕人排戲時，一定要講戲，令他們通曉劇中人物、角色身份、出身如何，因為人的身份不同反應也不同。一個有學識的人與一個目不識丁的老粗，反應基本上就不會一樣，不能一本通書睇到老。我常叫他們回去找尋身邊有沒有類近的人物，去模仿一下，或者近似某齣戲的角色，可以搬來借鏡。每個新秀演員，最初都是如此，天下文章一大抄，傳承最需要知道的是傳意識，而不是傳動作。

戲能演得成功，不是單靠表面功夫，幾下身段，幾場武打，唱一首主題曲。演員不能故步自封，要為每次演出、每個角色都下一番工夫。

【第二章】

戲字由來半邊虛

演戲以來，有些劇中人我是很愛演的，像《白兔會》的劉知遠，那種胸懷大志，卻偏要受市井小人之氣，充滿壓抑的感覺。最要記着的就是這個角色將來是皇帝，所以我演的劉知遠從無寒酸態。

呂蒙正也是我鍾愛的角色，因為像我父親，滿腹經綸卻一貧如洗，挾着幾張字畫去賣，卻又失意而回的感覺，我根本就不需要學，想起我父親便會演了。不過，我在該劇注入了些阿Q精神，友好鍾允亮伉儷【二】看完之後，都說我在演自己，真知我也。

《大鬧廣昌隆》的絨線仔劉君獻，是一個貼近生活的小人物，又不失戲曲程式與感覺，多一分不能，少一分不得，我探索了很久才能打造出來。《呆佬拜壽》是悲到不得了的悲劇，但表面卻是喜劇，所以我極力提醒演員，不要擠眉弄眼，古古怪怪，諸多做作，一定要正經、認真去演，不能當鬧劇，否則便變得不倫不類了。

當然談到我喜愛的角色，怎會缺少《販馬記》的趙寵。我自從一九六零年欣賞了俞振飛大師的演出後，便盡量研究他的演法和他的心態。這辛苦換來的烏紗帽，怎樣也要保住，所以當聽到桂枝說開過監門，便嚇得魂不附體，是焦急，而不是兇惡，也不是罵桂枝，但很多人會錯意，趙寵極愛桂枝，又怎會罵她呢？〈公堂〉那一場也不是玩笑戲，趙寵擔心桂枝的安危，恐怕桂枝有閃失，這場戲不能胡亂來演，否則變成鬧劇，便貽笑大方了。

武戲《周瑜》與《武松》我都愛演，但《武松》我只敢演〈戲叔〉一場，因我知道其他場口是我力有不逮的。還有《搶傘》的蔣世隆，前人不論編劇或演員都已打造了一套好的模式出來，我只要細味其中道理便可，不用再次安排，否則便是畫蛇添足了。

說起來還有很多喜愛的角色，但我不想在這裏長篇大論，談演技也不是筆墨可以做到，必須口傳身授才可。

《三笑姻緣》

《三笑姻緣》的米田共，開山演出時是由波叔（梁醒波先生）先飾演米田共，後飾演華文。

我其實很少飾演《三笑姻緣》的唐伯虎。當然在遊樂場做文武生，或是花旦交戲的時候，我便一定要做，但我不喜歡這齣戲，特別是粵劇中的唐伯虎。我覺得他一丁點才子風範都沒有，反像個登徒浪子。回看歷史中的唐伯虎，據知因桃色事件而繫獄，最後死於獄中。不論史實或戲曲，我都十分討厭唐伯虎這個角色，自己覺得演得不好，最多是做了表面工夫。

相反，我花了很多工夫在米田共這個可愛又戇直的船家角色上。有人問我為甚麼懂得水上人的話？這與我一直以來常做神功戲有關。因為神功戲多是在灣頭灣尾演出，我有機會認識到一些水上人，其中一位是大澳的陳就有先生。當時大澳有不少神功戲，很多台就有叔都有參與，因此我便與他熟絡了。當時因為交通不方便，晚上無車無船，無法回家，所以我們一到大澳做戲，就必須在那裏投宿。如果做台柱（六柱），日間就只有正誕那天才需要演日戲。我早上無所事事，便常到大澳一所公昌酒家飲茶，談天說地，在那裏常碰見就有叔。他講的水上話夾雜順德話，我初時覺得

戇直可愛的船家米田共（丑）

很得意，聽得多了，在演米田共的時候就學講他那種水上話。我也不知是否正宗的水上話，總之是講了就有叔那種話，同時為《三笑姻緣》這齣戲增添了一些氣氛，橫豎這齣都是笑戲。話雖如此，但千萬不要去玩，要認真做，米田共不是跟你搞笑，他雖然戇直，比較蠢，很多事都不甚明白，但他並不是搞笑，所以我很喜歡這個角色。

演完〈追舟〉那場戲，米田共便不需再上場了，做丑生的演員要兼演另一個角色華文。華府兩兄弟，一個是華文，一個是華武。華文反而不太特別，純粹一個愚蠢的公子哥兒，被父母迫去讀書，但他又不懂，於是唐伯虎提點他。這個角色比較易做。

呆頭呆腦的華府大少爺華文（丑）

米田共反而比較難演，因為還有船家的動作，如撐船、開船，演員一定要知道這些動作的意思及這樣做的原因。為甚麼要叫「開船」？因為泊岸的地方可能同時有很多船，叫「開船」，別人才知道你要開船，不要發生碰撞，這就如同現在開船時會發出「呠呠」聲一樣。在戲台上演出時，我們會叫「開船」，就是要告訴觀眾這艘船要開了。這是一種生活習慣，如果要演戲時投入角色，就要明白這個角色的生活習慣。

《六月雪》

《六月雪》的張驢兒又是一個我下了不少工夫的角色。

我做小型班或遊樂場的時候，常演《六月雪》，演的是蔡昌宗，因為很多花旦愛演這齣戲。我覺得蔡宗昌這個角色沒有甚麼特別，只是很愛妻子竇娥，尾場〈大審〉要在口白上下工夫。如何去破案？演出要有張力，那是精神上的問題，不是造型上的問題。

至於如何做到張驢兒的猥瑣、不懷好意、心術不正的感覺，我反覆思考下，終於想出了現在演出張驢兒的扮相。劇本說張驢兒是大耳牛，「雙耳綳」，但我買不到那一種耳朵。後來多謝衣箱行的黎祺先生，送我一雙萬聖節用的化妝道具，那是比平常耳朵大很多的，

蔡昌宗（小生）即將上京赴考，竇娥（曾慧飾）十繡香囊贈夫留念。

我就拿來突出張驢兒大耳的特徵。戴上了大耳，如果很正經的去演，又好像不理想，於是我用了一個方法：就是下牙突出過上牙的方式，因而將下頜拱起，面容就有少許扭曲，表達到那種猥瑣，甚至奸險的感覺，但千萬不要做到趣怪的模樣。我用這個造型去演，比較困難，因為雙耳給假耳封住，線口【二】聽不準，唱曲容易走音，亦很容易暈眩。最初演的時候，因為封住雙耳，整天聽到「窿窿」聲，要一段時間後才適應；而且突出了下頜，唱曲比較困難。如果刻意要做這個扮相，就需要適應，令自己可以順利演出。

大耳的張驢兒（丑）心術不正

《孔子之周遊列國》

《孔子之周遊列國》的孔子，是一個高難度的角色。

我最慎重演出的劇目就是《孔子之周遊列國》，劇本是胡校長（胡國賢先生）撰寫的，其中包含了很多《論語》的句子。初接戲時，我十分戰戰兢兢，因為不可以錯。不是我想出錯，但這麼長的一齣戲，難保不會記錯，因為大部份曲文不是普通句語，而是來自《論語》，例如「不患無位，患所以立」等。自己雖然讀過一丁點《論語》，但不是

孔子（鬚生）以仁義之道折服衛靈公寵姬南子（鄧美玲飾）

全劇以鬚生形象演出魯國大司寇孔子，分別以黑鬚、蒼鬚展示孔子周遊列國十四年的歲月變化。

熟讀，要重新再溫習一遍。

說到孔子這個角色，應該如何演繹？道貌岸然？這當然少不免，但要兼顧演戲，每分鐘都道貌岸然，就變成木無表情。雖然夫子是泰山崩於前而色不變，但觀眾看的是演員，絕對不可以木無表情。孔子對弟子的感情，對妻子的感情，情感的層次需要表達分明。

〈子見南子〉那一場戲，要表達出孔子抗拒衛靈公寵姬南子的感覺，千萬不可以一開始就放下戒心，像與朋友傾談一樣。到後來發覺南子不是想像中那麼壞，才慢慢的去了解。胡校長把層次寫得非常好，那場戲我覺得比較易做，但由於主辦機構孔教學院把《孔子之周遊列國》宣傳為「睇粵劇學《論語》」，故演員的壓力更大，猶如百上加斤。

《白兔會》

我敢說自己是演出《白兔會》最多生角角色的演員，因為連娃娃生的咬臍郎都是由我開山演出的，當時我只有十二歲。

該劇是我演過的戲中，最喜愛的一齣，我認為唐滌生先生寫得非常精彩，身為演員的我，不能辜負一齣這麼好的戲。

劉知遠是一位很重要的歷史人物，他是五代（梁、唐、晉、漢、周）時期「後漢」的開國皇帝，雖然在位只有幾年，但畢竟都是一位皇帝，曾經掌握一國的權力。所以演劉知遠初期怎樣被人欺負，怎樣被人奚落，縱然逆來順受，都絕不能失志，那是志氣的「志」。演劉知遠這個角色千萬不能做到垂頭喪氣，整天被人欺負，不得志，反而要表現出「現在我只是失運，暫忍一時，我不與你計較」的模樣，因為他並不甘於做一個牧馬童這麼簡單。凡志氣大的人都不會從小處計較，演這個角色就要明白這一點。

唐滌生先生描寫劉知遠這個人物時寫得很到位，甫一出場就唱「淺草困烏騅，餓虎岩前睡，嘆一句塵污白羽，被人笑作寒鴉。」這個感覺就是我現在只是弄污了身體，但我不是烏鴉，如果演得很寒酸，那就失敗了，以後這個人就不會是皇帝。所以我常提醒別人，

劉知遠（小武）手持蟠龍棍
肩負看守瓜園之責

要記住這個人將來是皇帝。

據講劉知遠做了幾年皇帝後，兒子咬臍郎死了，他便心灰意冷，後來他都死了。戲曲劇本很多時不一定依據歷史，但知道歷史總是好的，對自己的演出或者人物塑造，都有幫助。

在整齣戲裏，劉知遠這個人物不論唱唸做打，都可以發揮到演員的功夫。〈瓜園別妻〉那一場戲，如何對付瓜精，雖然不用大打出手，但一定要做到以正氣打贏瓜精，不是用武功打贏。因為妖怪畢竟是妖怪，邪不能勝正，光明正直則為神，因為劉知遠光明正直，連妖怪都害怕三分。有人說劉知遠雖然去了投軍打仗，但是否八年【三】都毫無音信，也不回家尋找妻子呢？這在中國古代是常有發生的事，戰亂中，通訊斷絕，地域一隔，等如處身不同國家，很難有書信來往。

咬臍郎這個角色是我開山的，是一九五八年「麗聲劇團」在香港大舞台開幕的演出。當天我演咬臍郎，沒有甚麼特別，只是一個細路仔做戲，亦不懂得太多，只是唱了做了，但是要表現出小孩子的同情心。咬臍郎很有同情心，他問：「大嬸，對鞋爛咗你仲着！」他不是笑她無錢買鞋，只是關心大嬸的鞋子破了，為何仍要穿着？他不理解大嬸沒有錢換

劉知遠（小武）別家八載榮歸，與妻李三娘（尹飛燕飾）夫妻重聚。

一對新鞋，是同情她，而不是嘲笑她。這一點很重要，同一句說話，用上不同語調就變成了兩回事。有時透過一兩句口白就可以將角色表達出來，所以我常說：「做戲是做甚麼？就是做這些介口。」

劇中的二郎李洪信是比較易做的角色，他是一個忠直的人，被大哥欺負，為妹妹千里送子，兄妹間的感情令人很感動。原著《白兔記》本來是竇火公送子，沒有李洪信這個角色，但因為粵劇班是六柱制，

一九五八年開山演出《白兔會》的咬臍郎（娃娃生），時年十二歲。

一九五八年參與「麗聲劇團」演出《白兔會》，與前輩何非凡、吳君麗、梁醒波、靚次伯、師父麥炳榮、英麗梨同台演出。

故請了我師父麥炳榮先生做小生。給他演甚麼角色呢？唐滌生先生就將送子的責任交給了李洪信，而不像其他劇種由竇火公送子。一個老人家千里迢迢送子，演得很令人感動，但現在粵劇已經成了一個局面，不再改動了。

我也演過大郎李洪一。這個角色其實是半個土豪，一切唯妻命是從，想奪家產，比較易做，但我不喜歡太多搞笑，這反而減少了整齣戲的壓迫力。這個角色應該是「蝦蝦霸霸」的，他連二弟及三妹的家產都想搶奪，所以不要做太多無謂的笑料，因為這齣戲本身已夠份量，亦有笑料在內。我演李洪一時，就會減去一般想多些笑料的感覺，只是很平實的去做這齣戲。

二郎李洪信（小生）代妹千里送子

大郎李洪一（丑）借妹夫劉知遠（司徒翠英飾）拜死雙親為由，
迫其休棄三娘，圖謀奪產。

劉知遠（小武）被大郎李洪一（陳鴻進飾）迫寫休書

《宋江怒殺閻婆惜》

我其實在七、八歲的時候，已經學做京戲《宋江》，是我的超級表哥李景武先生【四】教我的。他教我做《宋江坐樓殺惜》，他是票友，亦懂很多齣戲。他唱的是老汪派，即汪桂芬派，很多唱腔都很高音。我很早就學懂了唱，亦吃過松香（即夾過弦索的意思），但年長後就唱不到了，因為太高音。大家都知道我變聲後，變得很差，唱不到高音，但戲是學會了。後來找回《宋江怒殺閻婆惜》這齣戲來演，是祥叔（新馬師曾先生）的版本，他也學過京戲，所以在戲裏面有些京班的感覺，有幾段甚至是唱京戲的。但我覺得我們是在演廣東戲，唱京戲好像有些不妥，於是我就將出場那幾句改成古老二黃。

後來我與鳳姐（南鳳女士）做這齣戲，她請了京劇四小名旦的陳永玲老師幫她排戲。陳老師很有心得，幫我們排了一齣〈坐樓殺惜〉，與廣東戲混合來演，所以很多表演我也是取材自京班的做法。還有一套電影給我們借鑒，那是麒麟童周信芳先生的《下書殺惜》，但是電影沒有〈坐樓〉，只有〈下書〉及〈殺惜〉。周信芳先生的〈殺惜〉演得很火爆，他的演法很適合廣東觀眾，我似乎都是順着他的路子去做這個角色。

這齣戲有個值得一提的地方，就是宋江發現失掉了梁山泊的書信，很緊張地回烏龍院尋找。我在出場時已經將兩邊的鬢腳倒捋，本來掛黑鬚是不戴鬢腳的，但在《宋江》這齣戲中，周信芳先生有戴鬢腳，於是我就仿效他戴鬢腳。有甚麼好處呢？這樣做令人感覺宋江有些瘋狂焦急，而將鬢腳倒捋變得蓬鬆，令人覺得這個人很忙亂。這個感覺是我們演戲的人必須知道的。面上抹油代表一臉大汗，達到了狼忙的境界。

宋江（鬚生）回到烏龍院與閻婆惜（南鳳飾）敍話

另一個角色張文遠，純粹文丑，讀書人，所以不可以演得太滑稽、太卑劣，因為他畢竟是一個讀書人，只是心術不正，所以是不容易演的。張文遠的造型是白鼻子。文丑很多時都會畫白鼻子，但不是代表醜樣，因為張文遠是個美男子，閻惜姣才會愛上他，而白鼻子只是代表心術不正。白鼻子有三種代表：一代表醜樣，一代表滑稽風趣，另一種是靚仔但心術不正，三種都可以用這樣的扮相。最早期很多劇種裏的西門慶是由武丑飾演，也是用這樣的扮相。如果西門慶不貌美，潘金蓮又怎會鍾情於他？說明了白鼻子這個扮相不一定代表醜樣。

張文遠（文丑）最愛拈花惹草

宋江（鬚生）發現遺失了梁山泊的密函，頓失方寸。

《李後主》

《李後主》這齣戲相信大家都看過，但我從未演過李後主，因為我很不喜歡李後主這個人物。我覺得李煜這個人的遭遇雖云悲慘，但又很難同情他，其實很多局面都是他自己一手造成的。當然戲曲裏多會隱惡揚善，特別是當時幾位詞家對李煜相當崇拜。但如果翻查歷史，這個人可以用三個字來形容，就是「要不得」。他除了詞之外，甚麼都不值一談，我個人就極不喜歡他，更抗拒演李後主。

我在《李後主》劇中演的是林仁肇，一位南唐大將軍，他被稱為「林虎子」，鎮守長江，抵擋宋軍。當時的南唐以金陵（即今天的南京）為首都，宋軍由江北打過來，他在長江鎮守，令趙匡胤的兵馬不能渡江。一位這樣忠心的人，最後竟被趙匡胤用計，使李後主削去他的兵權，把他置於獄中，還誣陷他通敵。他怨氣難下，終於自殺。李後主亦因為冤枉了林仁肇而招致亡國，可說自招惡果。

我用甚麼方式去演繹林仁肇這樣的一位人物？思考了大半天，我決定用花臉去演林仁肇，但不是正式勾臉，因為《李後主》塑造的場面已經不是穿着純粹的戲曲服裝，如果開了花臉，又好像格格不入。我唯有化一個有點像電影感覺的戲妝，粗眉紅臉高額，我還剃了頭，戴長五綹鬚。這個感覺有點像我小時候拍《哪吒》時，關德興先生飾演李靖的扮相，很莊嚴，穿文武袖，戴帥盔，五綹鬚，如關公神像的感覺，造型突顯威嚴，而且還用花臉的唱法。這個造型起初只是嘗試，但演後觀眾很受落，甚至有人說認不出我，我很感謝，其實我就是希望有這樣的效果。演員最忌千人一面，應該是一人千面，當然未必做到，但必須以此為努力的目標。林仁肇這個角色我是很刻意地去塑造的。

李後主（衛駿輝飾）與小周后（尹飛燕飾）去國歸降，南唐遺臣胡則（小武）江邊送別。

南唐虎將林仁肇（花臉），扮相與穿戴曾花了我不少心思。

《周瑜歸天》

《銅雀春深鎖二喬》是我師父麥炳榮先生開山的成名戲，即是後來的《周瑜歸天》。可能當時他不算太紅，妹姐（上海妹女士）就栽培他，與他拍檔，所以他對妹姐極為尊敬。我師父是學小武的，當年他的《周瑜歸天》演得很好，例如〈蘆花蕩〉，很有特色。

他教我的〈蘆花蕩〉非常古老，比他在舞台上演出的版本還要古老。我現在秉承他的遺願，演出我所認識最古老的〈蘆花蕩〉。〈蘆花蕩〉其實有多個版本，例如祥叔（新馬師曾先生）演的版本靠近京劇，別有一番味道。很可惜不論是廣東古老版本或較京化的版本，現在都很少在舞台上見到了。我只繼承了其中一個版本，並立志不管觀眾喜歡與否，我只會演出我的版本，也只會教我的版本，絕不妥協。除了因時間關係，我會將上場的大架改成走鑼邊花外，當示範演出時則會跳大架。這齣〈蘆花蕩〉，我幾十年前還曾與武術名師邵漢生師伯演出過。

《三國》這齣戲角色眾多，我常演出的角色有周瑜、趙雲、劉備及孔明。趙雲與周瑜雖然同是武將，但如果扮演趙雲卻似周瑜，那就大有問題了。如果演周瑜似趙雲，或者演趙雲似馬超，就是徹底失敗。

周瑜（小武）兵敗蘆花蕩

戲曲裏的三國故事，大多是按《三國演義》而非《三國志》編寫的，如三位武將周瑜、趙雲、馬超，性格各異，遭遇各殊。趙雲是勇將，還是一位福將，儘管整場戰事是敗仗，但他自己從未輸過，如百萬軍中藏阿斗。趙雲更是非常有氣量，有謀略，有不怒而威的感覺，所以演趙雲必須掌握他的鎮定，才能夠將人物突顯出來。周瑜是美丰容，通音律，所謂「曲有誤，周郎顧」，是一名儒將，而非猛將。在戲曲裏，周瑜被描寫成很小器，又說他的謀算不及諸葛亮，我是反對的。赤壁之戰中，周瑜以五萬之眾打敗曹操的八十萬大軍，這場仗是周瑜打勝的，不是孔明借東風而贏，借東風只是《三國演義》虛構出來的。馬超是猛將，因為他充滿仇恨，以馬超為主角的戲，內容幾乎都是為父母家人報仇，所以演馬超要表現出他是一員猛將，卻不是有謀略的將領。演《三國》這齣戲應該讀一讀《三國演義》，很多戲都由此而來，知多

威風凜凜的趙子龍（小武）

劉備（鬚生）過江招親，趙子龍（黎耀威飾）守護在旁。

東吳儒將周瑜（小武）

洗去化妝，只抹少許乾粉和脂粉，淨面演出〈周瑜歸天〉。

一點點總是好的。

演到〈蘆花蕩〉那場，為了表達忙亂的感覺，演員在面上要加點油，用眉筆加深苦淚紋。我演〈歸天〉有一個扮相值得一提，這是戲曲傳統，雖然在粵劇中很少見，但有前輩對我說以前是有這個扮相的。那就是〈歸天〉那場戲中，我是洗了粉，用淨面演出，抹少許乾粉在面上，眼皮抹少許乾胭脂，整個人顯得枯黃，像病了很久的感覺。

在〈周瑜歸天〉那場戲，我刻意用回《三國演義》中孔明寫給周瑜那封信。祥叔（新馬師曾先生）是用白話唸出，因恐觀眾不明白，但我覺得整段主題曲

蜀漢軍師諸葛亮（鬚生）識破周瑜假途滅虢之計，命黃忠（尤聲普飾）、趙雲（宋洪波飾）、張飛（阮德鏘飾）、魏延（劍麟飾）截擊周瑜，四人功成回營覆命。

都是以官話唱出，若以白話讀出該封信，有些格格不入，所以後來我演〈周瑜歸天〉，便改回用官話唸出信的內文：「漢軍師中郎將諸葛亮，致書東吳大都督公瑾先生麾下：亮自柴桑一別，至今眷眷不忘【五】，聞足下欲取西川，亮竊以為不可。益州民強地險，劉璋雖闇弱，足以自守。今勞師遠征，轉運萬里，欲收全功，雖吳起不能定其規，孫武不能善其後也，曹操失利於赤壁，志豈須臾忘報仇哉？今足下興兵遠征，倘操乘虛而至，江南齏粉矣！亮不忍坐視，特此告知，幸垂照鑒。」

《帝女花》

演了七十年戲，《帝女花》中的生角，不論是周世顯、周寶倫、周鍾、崇禎及清帝，我都曾經演過。

《帝女花》傳到了我們這一輩，除了繼承之外，還有甚麼變化呢？無論如何，我們都不能草草了事，總要做一些工夫。有一個漫不經意的角色，很多人都覺得他無戲可演，這個角色就是周寶倫。其實周寶倫是有戲的，他在戲裏的作用是點穿了很多連他父親周鍾都不知道的事情，如他見到長平公主要上表，他立即阻止，周鍾反而叫他不要阻攔，只需勸服長平去見清帝。唐滌生先生很刻意地將表章的內容先賣個關子，不是寫完表章呈遞給清帝就完了。周寶倫因為不知道表章內容，因而害怕長平公主上表，所以當周世顯在清帝面前朗讀表章時，他每讀一句，周寶倫都要做很多戲，很刻意地看着周世顯讀些甚麼、表章內裏寫些甚麼、有沒有對他們不利的內容。當周世顯唱到：「何不念先帝遺骸，尚寄在茶庵，未入皇陵葬」，周寶倫望一望父親周鍾，才發覺他們這班明末遺臣為甚麼沒有想到先帝崇禎尚未入土為安，是否他們去投清的時候，基本上已經忘記了崇禎？普哥（尤聲普先生）飾演的周鍾每演到這個介口時，一定望一望飾演兒子周寶倫的我，我們兩人事前沒有約定，由此可見普哥是一位很有深度的演員，有對手才有交流。

在〈乞屍〉那場，周鍾與周寶倫父子對話的幾句白欖，唐滌生先生實在寫得精妙絕倫。區區八句曲詞，活生生地將父子二人的嘴臉呈現在觀眾面前。當然也要演員能拿捏到其中的意思，才能有戲劇效果。

節錄自唐滌生先生編撰的《帝女花》之〈乞屍〉

周鍾：你講嘅是否前朝嗰一朵帝女花？
寶倫：此時價值千斤重。
周鍾：佢纖纖弱質仲有乜作為？
寶倫：霸主得之有大用。
周鍾：莫非借她作正義旗？
寶倫：箇中玄妙誰能懂！
周鍾：唉，賣之誠恐負舊朝！
寶倫：不賣如何有新祿俸？

近年，我常演的就是崇禎和清帝，我模仿了四叔（靚次伯先生）的做法。四叔到了晚年，演崇禎時改穿坐馬龍褂，不再穿蟒袍，怕遴迍。他以前是穿蟒袍的，所以我演出時就仿照他早期穿蟒袍。他老人家在很多地方都有固定的表演程式，基本上我們都會照他的方式演出。唯一一個介口，就是崇禎與王承恩最後步出乾清宮，回頭望自己的宮殿，這個介口四叔有時做，有時不做，很隨意，但我是刻意去做。我想強調崇禎對國家、對宮殿的留戀，再無顏面立足宮廷，亦有最後一眼的感覺。這個介口我是花了點工夫的，比較自我。

演繹清帝這個角色時，很多演員都側重在鬥智方面。這位清帝是誰？是順治嗎？當然不是，按年份推算，應該是攝政皇多爾袞，一位老謀深算、心狠手辣、喜怒不形於色的人，四叔演繹得非常獨到。很奇怪，四叔穿清裝特別神似，因為他比較瘦削，恍如清朝的畫中人物，不論皇帝或官員，就是四叔的模樣。可能四叔出生的年代貼近清末，他接觸多了，深得箇中三昧，所以演起來特別神似。

周鍾其實是不太特別的角色，只是營造氣氛，沒有太多自我發揮的機會，除了在〈庵遇〉中的那段中板有少許表演外，大部份都是陪着主角做戲。

《帝女花》這麼多個角色來講，人人以為周世顯演的是文戲，多唱情，是比較易演的

周鍾（梁煒康飾）與子周寶倫（小生）為求新祿俸，不惜出賣長平公主。

周鍾（丑）與子周寶倫（裴駿軒飾）商議如何將長平公主獻予清帝

崇禎（鬚生）國亡家
破，回望宮廷，愧對
家國臣民。

清帝（武生）手持長平公主表章，周鍾（阮德鏘飾）在旁擔驚不已。

角色，但其實周世顯是很難演的。演周世顯付出力氣之大，我寧願做《周瑜歸天》。因為周世顯除了頭場初出場時那幾句口白比較輕鬆之外，跟着每一場都是針鋒相對，不論是對崇禎，對長平公主，還是對清帝，壓得喘不過氣來，用心去做，極其辛苦，若果不用心去做，就悠閒得多，唱了所有曲文便算完事。我每次演到〈香夭〉時都已筋疲力竭，猶幸〈香夭〉這場戲不用太費神。

周世顯（官生）在維摩庵重遇避世為尼的長平公主（吳美英飾）

正氣凜然的駙馬周世顯（官生），〈上表〉一場是文戲武做的感覺。

《洛神》

《洛神》的眾多生角中，我演過曹植、曹丕及陳矯。曹丕是我喜愛的角色，我亦花了很多心機去演。余生也晚，趕不上看「新艷陽」首演《洛神》，但入行後總聽到前輩說芬叔（黃千歲先生）演曹丕有多好；後來我師父也在芳姐（芳艷芬女士）的電影中演曹丕，那是我看過的。終於有一次，在「新艷陽」的演期中，星期日的日戲就是演《洛神》，仍是由芬叔演曹丕，當然不容錯過。但那時我還年輕，只覺得芬叔演得很深沉，也就是奸在骨子裏。因細碎介口，真的不是一一記着，但甄宓寫書時，他在旁注意的感覺，到現在仍非常深刻。我就憑零零碎碎的先人遺產，加上我讀《三國演義》時對曹丕的印象，便大膽地去嘗試塑造一個曹丕出來。

我最初做到很奸出面，為怕觀眾不知道，後來就慢慢收斂了，用一個老謀深算的感覺去演。曹丕的謀算是很厲害的，後來他得天下，篡漢稱帝，是一位城府甚深的人。他的懷疑妒忌不宣之於口，他幾時真醉，幾時嘔酒，幾時試探，都需要深入揣摩。曹丕是我很用心去做、亦很喜愛的角色，在唐滌生先生筆下，這個角色真令人迷醉。

劇中曹丕的第一個亮相是在〈雀台論婚〉，大七槌上場。在那緊密的十下鑼裏，龍行虎步般到虎度門前亮相，記着只能威，不能兇惡，帶有少許顧盼自豪，卻不能沙塵輕佻。到台口起唱，本來曲詞是「凱旋歌奏又班師」，但後來不知誰改了「凱旋歌奏喜揚眉」，只三字之差，意境卻大大不同。我還是喜歡舊詞，因為「喜揚眉」只反映贏了此仗，但「又班師」是指屢立戰功，而屢立戰功的他，仍得不到父親曹操的器重，一直心有不甘，才埋下兄弟鬩牆之伏線。

〈洞房〉那一場，我認為是曹丕在劇中最重要的一場，此場不容有些微出錯，否則滿盤落索。我在梆子慢板板面上場時走醉步，但不能太醉，唱「近水樓台月，不照對樓人」的時候，有點以勝利者自居的感覺，到了「心在玉璽皇袍，豈在香衾繡枕」的時候，要顯出有決心取得帝位的感覺。揚手命宮女下去，之後必須定下來，就是心中盤算好，怎樣試探甄宓？怎樣去利用甄宓？這場戲有幾個介口，如幾時真醉，幾時嘔酒，幾時試探，我都很用心的去演。

見了甄宓後頭兩句口古，似醉非醉，似認真非認真，但到了唱二黃時，則十分真實的道出心中事：「幾見長子難承家國任，嗟莫是才疏難獲父母心，知否我十年淚向寒窗忍。」這幾句道盡了他的鬱氣。

〈梨香苑〉一場是較易演的，一直以好人、識大體為方向，要注意的就是進苑時是引路，把父母引進梨香苑，一進去便見到曹植。表面是「何以也在此？」內裏是「你果然在此！」跟着有意無意之間舉目四顧，找尋甄宓蹤影。

登位之後，曹丕仍恐曹植有反意，故而迫甄宓親自修書，命曹植歸藩承命。整個修書過程中，曹丕必須注意她寫的內容，但又未必看得到。到了太后與甄宓都下場了，曹丕還對臣子說：「見太后之恩，皇后之情，怎忍對子建再施冷酷。」其實是假忠厚，最後臣子獻計，要誣陷子建「一個文章騙世之罪，罪可誅屠。」曹丕極速地狠狠執着臣子的手說：「好計！」其意是你這個奴才那麼狠毒，不過卻正合我意。唱完花下句「先帝以奸雄稱霸，我仰

曹丕（小生）迫宓妃（尹飛燕飾）寫書，緊密監察，不容有失。

承衣缽統皇都」後的笑，是真笑，由心的大笑，所以要在滾花下句的尾腔「尺上尺工」便忍不住大笑，最尾的「上」音是不用唱的。

〈七步成詩〉上場時，曹丕一臉仁慈，給人兄友弟恭之感。當曹植答應賦詩之後，曹丕則來個變臉，盡顯帝主威嚴，二人由兄弟變成君臣，一點親情都不顧。早在各前輩開山演出賦詩時，是曹植一步一步的走，但後來我們一輩就覺得不合理，應該是限曹植在曹丕走十步之內便要成詩一首，不過現時根深蒂固了，習慣了由曹植自己走。不管是誰走，到了曹植七步吟詩的時候，曹丕是吃驚的，始料不及的，還未來得及反應，已被那首詩震撼了。除了因為詩中道出兄弟同根之外，曹植更真的在七步內便成一詩。不論在公在私都殺他不得，令曹丕一時之間不知如何是好。曹丕鎮定下來後，決定放過曹植，改作和顏悅色，但並不代表他真的會放過子建。及至甄宓斬鼎，曉以獨腳難支的道理，曹丕仿如五雷轟頂，真心道出悔意。到甄宓說要登高，這個時候曹丕仍是很茫然，千萬不要很清醒、很仔細去想甄宓為甚麼要登高，只是隨口說叫她小心，要不要陳矯隨侍等，不要演得太認真。因為以曹丕這樣精明的人，理應一聽就知她想自殺，所以這段戲須漫不經意般過了便算。到甄宓跳崖，曹丕才如夢初醒，吩咐設靈祭奠，此時是真的悲傷，捨不得甄宓。

尾場〈洛水夢會〉在舊劇本中有曹丕祭宓妃的主題曲，因開山時一叔（陳錦棠先生）演曹植，擅演而不擅唱，而芬叔是出名唱功好的，所以有這首主題曲出現。但此劇實在頗長，近年就刪減了這一段，尾場一開始便演德叔（葉紹德先生）寫的〈洛水夢會〉。這版本到最後曹丕向曹植道出悔意後便完場，沒甚麼需要注意的介口。現在演〈洛水夢會〉很多時會佈一個海底景，真令人啼笑皆非，傳頌千古的《洛神賦圖》畫的是曹植在舟上看見在洛水出現的宓妃，《洛神賦》中的「凌波微步」，怎可能是海底景？還有現在是在夢會中散場，曹丕及太后等人不用復上，但我覺得這樣不夠圓滿，一大齣戲在夢中煞科，説得過去嗎？

曹植這個角色我是拿捏得不穩定的，有時好，有時不好，很視乎對手是誰。我最初演曹植，散場時總有人説我今晚好無心機演，其實我是很用心去做的。為甚麼他們會有這個感覺？因為我要表現出曹植那種頹廢、沒有希望，失去了宓妃，失去了心愛的人的感覺，但實在不容易演，很易讓人覺得沒有心機做，所以要拿捏準確，必須其他人一同栽培，不是我一個人可以處理的。那場〈七步成詩〉，唐滌生先生的曲文寫出了曹植失魂落魄，心無主宰的感覺，看上去就是一個失神的模樣，怎可能有神采？

曹子建（小生）承命歸藩，丈人陳矯（溫玉瑜飾）與妻子德珠（陳嘉鳴飾）勸阻無效。

陳矯的「矯」其實應該讀「矯正」的「矯」，不知為何演出時人人都讀成「橋」，那就不改了。這個角色除了要表現他愛錫女兒，或者貪圖曹植他日可以做皇帝之外，他在這齣戲的任務就是拆解宓妃寫給曹植叫他歸藩承命那封信。要讀得很清楚，又要解釋得很清楚，必須伶俐地令觀眾明白這封信有甚麼隱喻，不可以水過鴨背地讀了出來。因為這是陳矯在戲中的功能，就是要向曹植解釋這封信不是叫他承命歸藩，而是叫他不要回來。演員本身要通曉這封信，不只是記得這麼簡單，而是要把這封信看通透，要記得哪個字眼輕，哪個字眼重，並很適當地讀出來。

國老陳矯（丑）誆騙曹植（郭俊聲飾）與宓姐配婚

《紅菱巧破無頭案》

《紅菱巧破無頭案》是一齣公案戲，不論唱、唸、做，以文武生來說都是非常繁重的戲，而且場口緊迫，曲文必須記得滾瓜爛熟。現在很多人不知道為何在〈樹下冤魂〉那一場，減去了一段「高撥子」，那段曲其實是十分動聽的。

節錄自唐滌生先生編撰的《紅菱巧破無頭案》之〈樹下冤魂〉

維明：〔唱《高撥子》〕再睜眼，重復偷偷認，用劍劈浴血妖精，除深宵幽靈，佢以扇遮眼，我殺不應，霧裏哀呼，那堪聽，撲殺追蹤，鬼哭聲。

白楊樹下冤魂現眼，清官左維明（官生）持劍追蹤。

左維明拔劍追殺鬼魂，那鬼魂走入白楊樹下，左維明然後才發現白楊樹下就是埋首級的地方。那段曲來自徽調，近似黃梅調《郊道》那類歌曲，我與逑姐（陳好逑女士）灌錄的《鐵馬銀婚》便有這曲式。一叔（陳錦棠先生）拔劍殺鬼，有身段，有鑼鼓，其實是很好看的，為何現在刪減了，沒有演這一段？不明所以。如果我來演，儘管我的聲線不是很好，但一定會做這一段戲，唱這一段曲。

最難演的是〈對花鞋〉那一場，左維明假意遊縣府花園，希望遇上楊柳嬌，套取殺人證據。他是引誘花旦來挑逗他，不是他去挑逗花旦，畢竟左維明是官。但現在很多人演到好像他主動挑逗花旦，那就錯了。一叔的演法不過火，莫講是淫褻，連太風流也談不上，感覺他是點到即止，留位置給花旦去挑逗他。他唱到「風箏斷了線」那句時一下風箏斷線的動作，非常好看，不知為何他拍電影時沒有了這一下動作？是他自己刻意不做，還是連他自己也不記得？我看他的舞台演出時，有做這一下動作，非常哄動，所以我演左維明時，一定秉承他的做法，做那一下「風箏斷線」的動作。

柳子卿是小生角色，沒有甚麼特別，是一個受了冤枉的書生，忠直怕事，一定要做到被人冤枉的感覺，沒有甚麼特別的戲場。

左維明（官生）巧施妙計騙得楊柳嬌（南鳳飾）取出花鞋拼對

好一對姦夫秦三峰（丑）與淫婦楊柳嬌（尹飛燕飾）

門生柳子卿（小生）問成死罪判斬，左維明（龍貫天飾）趕來營救。

丑生秦三峰也沒有甚麼特別的戲，沒有甚麼需要特別注意的地方。開山時，秦三峰是安叔（半日安先生）演的，我演秦三峰時，都是按着安叔的路子去做。但我小時候沒有刻意地去學安叔怎樣去演秦三峰，後來與安叔同台演出多了，對他的動作和習慣，印象較深。有一位甚得安叔演法三昧的九哥（李若呆先生）經常與我拍檔，所以對安叔的做派，我也可追模。

《紅樓夢》

很多人都看過《紅樓夢》，不同劇種也有演《紅樓夢》，但我自己最喜歡的是越劇的《紅樓夢》，據講當時是有位導演為演員仔細地講解《紅樓夢》。

《紅樓夢》原著未必人人看過，粵劇《紅樓夢》中的賈寶玉，我從來沒有演過，我只唱過《寶玉怨婚》及《幻覺離恨天》。不知是否讀過《紅樓夢》，不敢演賈寶玉，因為覺得扮起賈寶玉來，連自己也會討厭，自覺沒有一丁點像賈寶玉。

在《紅樓夢》一劇裏，我演過長府官和賈政。我加盟「雛鳳鳴」的時候，小生是演琪官的，但我對琪官這個人物有點抗拒，因為角色是唱小旦的，有點娘娘腔，我不跟劇本演又不太好，但我的對手是演賈寶玉的龍劍笙，她本身是女人，我無法演得比她更娘娘腔。如果刻意去扭頭捏頸又很突兀，扮起來也不像，連自己都接受不了，所以我要求不演琪官。但不演琪官，就沒有角色可演了。當時四叔（靚次伯先生）演賈政，我唯有改演長府官，無其他生角了，雖然長府官戲份很少，但也要去演。

長府官只有兩句口古，但要令賈政有壓迫感，劇本的句語表面上是沒有壓力的，反而是慢條斯理，給觀眾的感覺是長府官是奉了王爺囑咐，向賈政下命令，但很客氣的對賈政

賈政（鬚生）訓兒（陳寶珠飾賈寶玉）

僅此一次飾演傻大姐（彩旦），扮相令傷心不已的林黛玉（尹飛燕飾）也要強忍笑意。

講，現在要求你要這樣做。雖然表面是很客氣對你講，但內裏是一件嚴重的事，你一定要去做。長府官那兩句口古是不容易講的，要講到給賈政有壓力，戲才能順溜，不然賈政又怎會打寶玉？不要以為只有兩句口古，這場戲就很易做。這場戲是絕不容易做的，要做到就算只講兩句口古，也要讓觀眾察覺到你演了一個人物，把這角色的功能做出來，才算是演出成功。如果做不到，或做不好，就不是那回事了。我還刻意在臨出門時加上一句：「大人素來好家教」，這一句刺中了賈政的要害。這句是我自己的私伙介口，令角色更好演，也令賈政更火爆，更面目無光。

至於《紅樓夢》的賈政是四叔開山演出，但不明白劇本為何寫得如斯無戲可演，戲不多，亦不重，我覺得很委屈四叔。

《英雄掌上野荼薇》

我十分怕演《英雄掌上野荼薇》的文武生朱二奎，因為看過一叔（陳錦棠先生）的演出，那些口白、喝起來威與勁，活像一頭老虎。我年輕時聲線不足，身型又瘦削，奀孱鬼命，真是演不到朱二奎這個角色。這是其中一齣我怕演的戲，因為由頭場開始已充滿火氣，演到尾場兵敗將亡，還是很火爆。這不得不服先輩陳錦棠先生，就是因為我看過他的演出，所以我不敢演，亦怕演。

建文帝反而是我愛演的角色，做小生則常演這個角色。如果根據歷史，建文帝這個人物最後失了蹤。明朝有十五個皇帝，但北京只有十三個陵墓，除了朱元璋的陵墓在南京，不在北京之外，尚欠的一個陵墓就是建文帝的陵墓，建文帝其實是失蹤了。明成祖即位後，曾四出找尋建文帝的下落。《英雄掌上野荼薇》是將歷史反轉來寫，唐叔（唐滌生先生）將二人的身份調轉了，本來明成祖是叔，建文帝是姪。明成祖朱棣十分憎恨朱元璋把帝位傳孫不傳子，所以他一路由北京打到南京，取回帝位，這段是真正的歷史。

建文帝是承受祖輩的命令而得帝位，不是爭回來的，劇本上常常說「不如我讓回帝位給二奎」。當二奎返回朝廷的時候，太后就迫建文誅殺二奎，不能對他仁慈，但建文最終

建文帝（小生）眼淚盈眶，無語問蒼天。

竇皮海（丑）手執雙斧去誅殺朱二奎

朱二奎（小武）英雄末路

只是將二奎貶謫，這是唐滌生先生筆下的一段歷史，不是真正的歷史。戲劇畢竟是戲劇，有它的戲劇性，建文帝一定要做到這邊廂敷衍竇太后，那邊廂卻想辦法趕走二奎，不想殺死他。建文其實是愛錫二奎，想保護他，才會迫他走，所以當二奎殺返朝堂，大開殺戒，到寺門殺建文時，建文已是傷心欲絕，眼見這被他愛護的姪兒已變成魔星，江山沒有了，功臣亦被斬盡殺絕了，生靈慘遭塗炭。唐叔寫得非常好，所以演建文時只要掌握到這個感覺，就可以發揮得淋漓盡致。

竇皮海只是一般丑的演出法，但他是一個忠心、有人情味的角色，不是一味引人發笑，所以我不會刻意去製造笑料，戲裏的笑料已經足夠，不需特別加插笑料。在這齣戲裏，他是一個忠心護主、保家衛國的人物，不是搞笑的角色，這點一定要認清楚。

《香羅塚》

《香羅塚》是另一齣我演得最多生角的戲寶，因為劇中的小童趙喜郎由我開山演出。一九五六年，十歲的我已經參演《香羅塚》，飾演趙喜郎。那一屆班我印象非常深刻，那時我正在高陞戲院演出《龍爭虎鬥劍如虹》，尾戲那天「麗聲劇團」經理成多娜女士過來高陞找我，叫我後天過來利舞臺演出。那時「麗聲」正在利舞臺演出《燕妃碧血灑秦師》，賣座不理想，計劃改演另一齣新戲。那時不盛行預售，要到開演時才知道票房是否賣座。當時唐叔（唐滌生先生）正在編寫《香羅塚》，本來留待下一屆班才做，現在要臨時換戲，唯有連忙將劇本趕起。

這齣戲對我來說非常特別，這是我第一次在利舞臺做戲，當時大家夢寐以求在利舞臺演出，而且「麗聲劇團」是大班，演員有一叔（陳錦棠先生）、師父（麥炳榮先生）、麗姐（吳君麗女士），細女姐（任冰兒女士）做第二花旦，丑生是波叔（梁醒波先生）及安叔（半日安先生），還有契爺（白龍珠先生），連第三花旦都選用到十姐（英麗梨女士），還有享譽星馬一帶的文武生鄧秋俠先生演楊修，人腳齊全。我師父飾演陸世科，那場公堂戲他演得堪稱一絕，我現在演陸世科仍是規行矩步，沿着我師父的路子去演。哪處開位，哪處落重，哪處放輕，如何套問供詞，完全是依據他打造出來的模式，我因循他的方法去演。

喜郎替母伸冤，剛巧主審官是他的老師陸世科。由接過狀紙、如何手拿狀紙、讀出狀詞，每一節都是師父的經典。那張狀紙讀得鏗鏘有力，也是生行演員的考牌戲，哪處停頓，哪處喝起，哪處要做，可說處處都是戲。

節錄自唐滌生生先生編撰的《香羅塚》之〈大審〉

陸世科：〔拈狀詞讀介〕告狀人趙喜郎，狀告當今父母官，妄斷香羅案，草菅人命，想生母林茹香，乃三貞九烈之身，焉有買兇殺夫之事，無頭公案，至今未明，焉能引證香羅，定為姦夫所殺，望大人明察秋毫，賜還我母冰清，莫使慈母含冤，貞娘喪節！

陸世科（官生）手持喜郎的狀詞，這是戲曲中標準的讀狀與持狀方式。

一叔演的趙仕珍，我是模仿不來的，演出有火之餘，當發覺冤枉了妻子，向妻子認錯的冤氣，演得非常到家，這個角色不容易拿捏，稍有錯失，就變成小丑。

我有幸初次與安叔同台演出，他演的茹三娘，堪稱一絕，那種慈愛，那種欲言未敢，畢竟是下人身份，拿捏得很準確。

趙勤是一個容易演的角色，只要演回良心發現的感覺，就可以了。

開山的時候，我記得有場〈打店〉，朱少坡飾演店主。朱哥（朱少坡先生）是打武家出身的，他走的搶背，在我看過的粵劇演員當中，朱哥是頂級的。我記得當時一叔講明，

茹三娘（女丑）的演出方式是模仿先賢半日安的演出法

趙仕珍（小武）別家殺賊，妻子林茹香（王超群飾）前來送別。

陸世科（官生）驚見趙仕珍（梁漢威飾）尚在人間，心知不妙，只望沒有錯判香羅案。

那場〈打店〉戲如果不是朱少坡演，他就不做了，可見識英雄重英雄。舊時的演員會珍惜同行演員的功夫，有價值的東西，一定有人睇到，有人栽培。

這齣戲很長，但基本上已沒有可以刪減的地方，我寧願演得時間長些，也不願刪減部份內容，令整齣戲失色；寧願大家將節奏演得快少許便是。

《販馬記》

《販馬記》亦是一齣我十分喜歡的戲，我記得一九六零年俞老（俞振飛先生）帶領上海京崑劇團來港演出，當時我買不起貴價票，只能坐二樓，所有劇目一齣不漏。最初由一班畢業生演出，現在那班當時剛畢業的學生，大多數都成為「國寶」了。做到一個月演期的尾段，俞振飛先生登台了，演出《販馬記》及《百花贈劍》。我對《販馬記》有很深刻的印象，因為這齣是小生戲，但小生是官生，戴紗帽，又不能失身份。趙寵本來是一個出身寒微的人，做了官後，誠惶誠恐。那場〈寫狀〉中，他心裏十分驚慌，幾經艱難才考到功名，獲派了一個官，突然發現妻子走去開監，如果犯人逃走了，如何是好？那種是驚青，沒有嬲怒成份，但現在很多演員做到剛好相反，是嬲怒，責問妻子，其實完全演錯了。趙寵是驚而不是嬲，那種感覺，俞老拿捏得非常準確，觀眾會笑，但演員不是存心去搞笑，觀眾是笑他做了官還這樣驚青。趙寵就是這樣，不可以磨滅小夫妻的感情，又想幫老婆，但又為難，不知如何是好。

俞老亦演得很絕，一面驚得來又要顧着告狀之事，因為他是官，又要顧及大體，每個介口都要銜接得很好，例如讀招詳的時候，讀還是不讀呢？讀到秋後處決，即是要殺頭，如何讀給妻子聽？怕她聽後會暈倒而不敢讀，讀好還是不讀好的感覺。我看的時候只有十多歲，對俞老的演出未能充份吸收，幸好後來他每次來港都有演出《販馬記》，特別是〈寫狀〉那一場，讓我多吸收一些俞老的演出法。雖然粵劇有些鋪排與京劇不同，不可以百分百模仿，但我其實都取材了不少俞老演出的感覺，當然不及他那樣爐火純青，也希望盡量模仿得到。

趙寵固然是一個比較吃重的角色，但李保童亦不能看輕。他除了〈告狀〉那一場要讀狀之外，頭場他仍是一個不大不小的孩童，離家出走的慌張、渺茫的感覺，一定要演出來。後來他做了官，就有了官的模樣，事事都要有「官」的感覺，所以劇中桂枝叫他不要嚇姐夫，他對桂枝說：「我邊有嚇佢啫，佢自己嚇自己之嘛！」

官就是這樣，只是自己嚇自己，趙寵就是要做到自己嚇自己，根本保童就沒有嚇他。很多這些介口，演員自己要拿捏準確，將人物演出來，不是拿捏某句說話就算了。說話很多人都懂得講，但講得如何？這是演戲比較難的地方。兩個都是小生，兩個都是官生，兩個出身都是寒微的，但保童做的官較大，在官場的過程較趙寵一帆風順，地位較高，做了巡按。按院大人，有尚方寶劍，先斬後奏，壯大了他的膽子。而趙寵的官階及官威都不及

趙寵（官生）與李桂枝（尹飛燕飾）苦中不忘小夫妻的調笑

趙寵（官生）狼狽不堪，被舅郎李保童（黎耀威飾）拉入二堂。

保童。保童讀狀那段戲，亦是小生的另一場考牌戲，與《香羅塚》陸世科的讀狀戲有異曲同工之妙。

節錄自唐滌生生先生編撰的《販馬記》之〈桂枝告狀〉

李保童：〈讀狀白〉告狀人李桂枝，乃褒城縣靈右里馬頭村人氏，吾父李奇，出外販馬為生，生母黃氏，不幸身亡，繼母楊氏三春，私通地保田旺，圖佔家產，將我與兄弟保童，趕出門庭，吾父回家，不見我姊弟二人，盤問婢女春花，春花懼怕楊氏，只得自縊身亡（悲介），三春用錢買通闔衙上下，說我父因姦不逐，迫死春花，吾父受刑不過，只得屈打成招，問成死罪，聞得大人明察萬里，因此不顧萬死，特到台前，哀哀上告。

李奇這個角色，在廣東班裏是儉叔（歐陽儉先生）開山的，儉叔對角色塑造得非常好，另闢蹊徑。雖然他是丑角，但他演悲劇演得恰如其份。我也曾演過李奇，感覺只是順利完成矣。儉叔向來對穿戴頗有研究，扮相十分嚴謹，例如賈政、癩痢牛，他都花過很多心思。

李保童（官生）驚悉眼前下跪者正是喬裝改扮的胞姊李桂枝（尹飛燕飾），為之一呆。

還有一件事我覺得值得商榷，馬販本身一定懂騎馬，長年累月在馬上的人，一定不會太頹廢，扮相應該帶點武裝的感覺，如穿坐馬，縛海青，不會像個員外，我覺得這點有商榷的餘地。

不得不提，這齣戲最早期開山的時候，是由朱少坡先生飾演禁子，那些斂財的嘴臉，對犯人的兇惡，對官太的阿諛諂媚，他沒有刻意去做，只是輕輕的點到即止，已經足夠，堪稱一絕。我覺得朱少坡這位前輩是真正的懷才不遇，以前的「丑」其實就是演小人物或家人，後來流行了波叔那種模式的「丑」，要做大花臉，又要掛鬚，又要做袍甲戲，模式變了，那些生得矮小瘦削、不夠高大的丑生演員就蝕底了，朱少坡就是其中一位真正懷才不遇的好演員。

《紫釵記》

我也差不多演遍了《紫釵記》所有的生行角色，除了黃啃兒外，李益、韋夏卿、崔允明、黃衫客、盧太尉，我都演過。

很多人演李益都是模仿任姐，或者模仿其他前輩的，做法不外乎是多情才子這一套演法。演韋夏卿反而有難度，因為韋夏卿本身也是一個讀書人，他與李益和崔允明是「歲寒三友」。戲中他需要表達對朋友的忠誠，但面對盧太尉的壓力，他又如何忠誠呢？在盧太尉的惡勢下，他救不到摯友崔允明；當盧太尉向李益迫婚，他又如何告訴李益，霍小玉的負心是假的？這個需要很有心思的鋪排，同時對每一件事都要關注。同哪個人講哪一句說話，都不容有錯失。對盧太尉講的是假話，砌詞三人在寺門得禪師幫助，所以要去還神，其實是假的，他們住的是慈恩寺，去還神那間叫做崇敬寺，韋夏卿對盧太尉講了一番假話，目的是令李益可以離開盧府，伺機再告知真情，亦希望李益醒覺另有內情。

韋夏卿怯於黃哨兒的監視，借詠紫牡丹為題，向李益暗示小玉未嫁，唸到最尾一句：「嫁……」，我刻意將「嫁」字拉長，因為韋夏卿還未想到如何讀下去，想了一回才讀成「嫁得春風盡日閒」，讓觀眾領會韋夏卿在堆砌「小玉未嫁」之語，其實是向李益暗示真情實況。

李益（官生）與霍小玉（尹飛燕飾）誓死不屈服於盧太尉的威權下

韋夏卿（小生）伺機偷聽，盧太尉（呂洪廣飾）教唆黃哨兒（蔣世平飾）設計誆騙李益小玉已另嫁。

落拓儒生崔允明（丑）

沒有開臉的盧太尉（武生），一棒打死崔允明（梁煒康飾）。

節錄自唐滌生先生編撰的《紫釵記》之〈花前遇俠〉

韋夏卿：小謫人間紫牡丹，玉階曾待蝶重還，未應移植空門裏，嫁……得春風盡日閒。

韋夏卿其實是比較難演的角色，盧太尉只要能表達他有威有權就可以了，黃衫客是皇爺化身的正義豪客，崔允明是一位有骨氣的落拓文人，不貪富貴，不畏權勢，自己一貧如洗，卻充滿傲氣，只要表達到那個「傲」出來，便能成功塑造角色。波叔（梁醒波先生）、普哥（尤聲普先生）和強哥（賽麒麟先生）都演得非常好，我們可以從錄像借鏡。

路見不平、鋤強扶弱的黃衫客原是
四皇爺（花臉）喬裝巧扮。

《隋宮十載菱花夢》

《隋宮十載菱花夢》是一叔（陳錦棠先生）其中一齣名劇，他演的楊越是我近年聲明不演的角色。我很怕演這個角色，因為其中一場是對樂昌公主苦苦冤纏，要求公主嫁給他，在扮可憐，在發晦氣，我覺得只有一叔能成功演繹這場戲。以前同輩中還有一位威哥（梁漢威先生），可惜……

我把很多工夫放在徐駙馬身上，冀望十年破鏡重圓，但結果又不能與公主復合，那種極度失望的感覺。因為他的期望高，一心以為等了十年，終於再見公主，但事與願違。最後一場戲要表達他對楊越的感激，覺得楊越也是一位有心人，希望他與公主能破鏡重

隋將楊越（小武）力拒樂昌公主（曾慧飾）的引誘

破鏡難圓，駙馬徐德言（小生）唱出一段「下西岐」，與楊越（龍貫天飾）將樂昌公主（南鳳飾）互相推讓，樂昌小姑楊雙卿（高麗飾）與兒子小德（蕭詠儀飾）在旁空着急。

圓，駙馬是心存感恩。如果能拿捏到箇中輕重快慢，角色的戲味就能表達出來。徐駙馬落拓的時候，一定要做到他雖然在落拓中，但他從前是駙馬爺，那個比對要強烈，才能突顯出今時的落拓，如果從前是個乞丐，今時怎算落拓？

〈破鏡難圓〉那一場，徐駙馬唱出一段「下西岐」，我是刻意用一個爆炸性的唱法，既快且勁，突顯徐駙馬的心情。每個劇中人都要自己去拿捏，要知道哪處是劇中的重點，因為《隋宮十載菱花夢》到了尾場，駙馬與楊越將公主互相推讓，在這個情況下，花旦很容易給人賣剩蔗的感覺。楊越要拿捏得準確，說出駙馬與公主有前恩，不應該破壞他們的家庭，這個是重點；相反，徐德言又覺得楊越對公主有十年恩情，公主其實是愛他的，又何必勉強搶回。所以那段「下西岐」我才唱得那麼快，那麼重，等如投一個炸彈出去，才能炸起整齣戲的高潮。如果慢條斯理地唱，對手便無法演出，整齣戲就是靠這一個爆炸點。其實芬叔（黃千歲先生）當時演這個角色也演得很好，雖然他不像我這般爆炸，但我現在無法模擬他的演出，唯有用一個比較爆炸性的演出法了。

《獅吼記》

《獅吼記》是一齣所有生角我都演過的名劇。其實《獅吼記》的「吼」字不是讀「哮」，讀「吽」、讀「口」、讀「响」都可以，但不是讀「哮」，但現在人人都讀「哮」，沒辦法了，唯有叫「獅『哮』記」。

這齣戲最初劇名是《醋娥傳》，也是唐滌生先生編寫的，但不是任姐、仙姐演出。人人都説它是任白名劇，其實她們除了拍了一套《獅吼記》的電影外，一天也沒有在舞台上演過這齣粵劇。《醋娥傳》的文武生是一叔（陳錦棠先生），花旦是麗姐（吳君麗女士），那屆班牌是「錦添花劇團」。

這齣戲中，一叔發揮得淋漓盡致，人人稱他為「武狀元」，夠火氣，但這齣戲全是講

陳季常（官生）受罰跪池，對柳玉娥（南鳳飾）陽奉陰違。

怕老婆，是文戲，有人笑說是為他度身訂造的，因為他本人十分懼內，所以這齣戲演得入木三分。怕不怕老婆就見仁見智，但是他真的演得神似，怕得來他又是個官，那種「死雞撐飯蓋」、打死都不認的感覺，一叔真的演得很絕。有人覺得這齣戲滑稽，男人怕老婆，要受罰跪池，但如果真有其事，就不是滑稽。一叔沒有古靈精怪，刻意去引觀眾發笑，整齣戲已經夠笑料了。

我記得當日開山演出，一叔飾演陳季常，琴操由胡笳女士飾演。胡笳曾經有一段時間是我的拍檔，她比我年長幾歲，她母親是陳皮梅前輩，所以我與她拍檔的時候，得益良多。排戲的時候，梅姨（陳皮梅女士）會教我們怎樣去做戲，胡笳又很喜歡古老戲，有時她會演古老戲《紮腳穆桂英》，我就陪她演楊宗保，總之陪她演出，學會了不少知識。

《醋娥傳》開山時，有一個角色我是很深刻的，就是安叔（半日安先生）演的角色，他先飾家人柳襄，後飾姑丈桂玉書。桂玉書也是懼內之人，家人柳襄好像懵盛盛，其實是一個非常懂得斂財的人。我現在演這兩個角色，百分之九十九是按照安叔的模式來演。

有些人不明白我做小生，為甚麼會演這個角色？其實是有一次「雛鳳鳴」演出期間，有一天日戲是做《獅吼記》，前一晚將近尾場的時候，四叔（靚次伯先生）對我們說：「我條腰好痛，我聽日一定要睇醫生。」四叔從來不撒嬌，從來不說假話，忍得住他都不會出聲，當他講到「我聽日一定要睇醫生」，我們都知道他一定很辛苦才會告假，那麼四叔要看醫生，誰人替他呢？無人替怎麼辦？於是當天我自動請纓，反正我做那個皇帝的戲都不多。開山時，本來由小生棠哥（蘇少棠先生）演蘇東坡，後來「雛鳳鳴」改由丑生飾演蘇東坡，即是由波叔（梁醒波先生）做了，本來由二式飾演的皇帝改由小生去演。當時我說不如我不去演皇帝，由廖國森去演，我去演柳襄和桂玉書，普哥（尤聲普先生）演蘇東坡。

柳襄（丑）頭插紅紙束，表情古靈精怪。

蘇東坡（鬚生）教人分妻，好事多為。

尚書大人桂玉書（老生）也是懼內之人

因為我常常看安叔演出，對這兩個角色都熟悉，結果改由我去演。發展下去，就變了現在由小生去演柳襄和姑丈。

柳襄和姑丈都不是容易演的角色，但亦不算很難做，只需要知道角色的介口和人物特點。柳襄最要緊是表達出他對着金銀的時候，那種貪心又不敢取的感覺，又不想穿煲，結果都是穿了煲。這種演出方式，丑生的演員都應該懂得做。姑丈桂玉書也是怕老婆的人，又不能失掉尚書的身份，其他都沒太特別。蘇東坡在這齣戲裏，其實沒有特別可以演的地方；皇帝就要做到好色之外，還要保持「我是皇帝」的感覺，要有皇帝的威嚴，不可以演得太鹹濕，這些本來都是對演員的基本要求。最難演的其實是陳季常，怕老婆之餘，又不可以太小丑樣，現在有些人做得比較小丑化了，就失了身份。他除了是個官，畢竟還是個讀書人，絕對不可以太小丑化。

柳襄把紅紙柬插在頭巾內的造型，是有所本的，《紅梨記．醉皂》崑丑就有類似的打扮，他怕自己不記得那張紅紙柬，索性插在帽上，但結果都是不記得。這個扮相有些奇異，我覺得幾有趣，幾得意，雖然有點譁眾取寵，但這個角色是可以這樣妝扮的。

《雙仙拜月亭》

《雙仙拜月亭》是唐滌生先生編寫的經典作品，「麗聲劇團」的戲可媲美四大名劇《帝女花》、《紫釵記》、《牡丹亭驚夢》、《再世紅梅記》，但大家不要迷信唐滌生最好就是四大名劇，其實《白兔會》、《雙仙拜月亭》、《香羅塚》這三齣戲絕不遜於四大名劇。

我們現在演出的《雙仙拜月亭》有少許違反了唐叔的原意。《雙仙拜月亭》的頭場是〈曠野奇逢〉，蔣世隆有點乘人之危。我就覺得蔣世隆在頭場不應該扮聽到鬼哭去嚇王瑞蘭，缺少了少許讀書人的感覺。我們統一蔣世隆的性格，令觀眾信服他是好人，所以瑞蘭才肯嫁他，於是取材了廣州鏡叔（呂玉郎先生）的版本，譚青霜先生編寫的〈搶傘〉。〈搶傘〉寫得很好，也排得很好，有唱有做有戲，所以現在我們很多人都演了這個版本。

我第一次是在啟德遊樂場演出時，將兩個版本混合，觀眾覺得不錯，佳哥（羽佳先生）也是演出這個版本的，後來很多文武生都採用這個版本。為甚麼我將兩個版本混合？其實我不是很了解內地的版本如何，只知道有一場〈搶傘〉，不知道能否將兩者混合演出。有一回李文華先生在啟德遊樂場演出全套的內地版本《拜月記》，我看過這個版本後，覺得後段不及香港版本好，為甚麼不可以做了內地版本的第一場〈搶傘〉，然後就做回香港的

蔣世隆（小生）與王瑞蘭（尹飛燕飾）曠野奇逢，鑄就千里姻緣。

版本？於是我想辦法將兩個劇本結合，當然會犧牲了一部份曲文。例如〈投府諧偶〉那一場，就犧牲了部份蔣世隆與王瑞蘭的唱段，因為這些唱段的內容呼應頭場蔣世隆的性格。頭場他講鬼嚇花旦，到第二場的曲詞「暫時做吓夫妻太辜負世隆」，是在怨花旦，我覺得有失讀書人的身份，於是將第二場的這些唱段刪掉，因為這段曲與頭場〈搶傘〉生旦的性格不連接。我將兩套劇本整合，經過這幾十年，也有少許增刪，但我覺得這兩齣戲混合是適合的，是可以演出的，不會太突兀的。希望以後演出這版本，應註明〈搶傘〉編劇是譚青霜先生。

《雙仙拜月亭》是凡叔（何非凡先生）的名劇，除了主題曲唱得動聽之外，〈抱石投江〉那場的演出，令我佩服得五體投地。這齣戲的六兒不是由我開山演出，是林錦堂先生開山演出的。那段日子我在安南（越南）走埠，未返回香港，無法參加演出，雖然「麗聲」一直都用我做童角。〈抱石投江〉那場戲，凡叔最獨到是在積聚感情。我們演戲，幾時輕幾時重非常重要，最難得是他一直不望其他人，縱使被人迫，愁眉苦臉，自己又落泊，又不能發惡，又無法駁斥王鎮。雖然蔣世隆有一段中板「誰苟合，你莫毀秀才名」，但唱出來都不是惡的感覺，他始終無法駁斥王鎮的指控。凡叔演的蔣世隆只是在旁積聚感情，如果他與秦興福在另一邊又在做戲，就會破壞了戲。凡叔只是專注着瑞蘭的去留，一直到瑞蘭要跟王鎮走，走到將近入場的時候，他就突然竭盡全力高叫一聲：「瑞蘭」，撲出去捉着瑞蘭，把她拉回來，之後就唱那段「戀檀郎」：「待郎訴與瑞蘭聽，親恩比不得夫妻永，亂世鴛鴦泣離情，淚盡聲嘶痛哭喚句卿，哭一宵恩愛拋落我獨自回程，夫妻情義永，郎決殉愛望嬌把情受領。」

凡叔唱得一絕，包括聲線、唱腔、眼淚，我形容好像投炸彈落台下一樣，台下觀眾起哄，很少見到這樣的場面，不是演武打，不是打筋斗，不是耍槍花，學做戲就是學怎樣拿捏戲的高潮。

王鎮走後，蔣世隆變絕望了，那段「乙反中板」唱到速度極慢，這就是他的獨特唱法，亦是值得傳頌千古的一段。

秦興福只是陪人做戲，但也要有角色自己的基本，第二場收留蔣世隆與瑞蘭二人的時候，發覺他兩夫婦新婚燕爾為何會分房而睡，要做到那種愛護，而不是懷疑，是關懷這個結拜弟郎，而不是八卦，不是想聽是非，其中的分別可能只有少許，但差之毫釐，謬之千里。

蔣世隆（小生）被迫到抱石投江

老丞相王鎮（鬚生）為富不仁，迫女另嫁。

秦興福（小生）按劍坐樓，靜觀其變。

波叔（梁醒波先生）演的王鎮，每句說話都很有力，但那些字眼都不是「迫」的，不過要演成「迫」，很多演員單看字面，就變成「求」，違背了劇本的原意。因為「求」是有價講，「迫」就無價講，所以王鎮一定是「迫」，而且是有威勢的「迫」，有火的「迫」，所以到尾場，觀眾就不同情王鎮，反而同情瑞蘭。

如何顯得王鎮勢利，唐叔筆下寫得很絕。王夫人說去投靠妹夫卞知縣，王鎮就說他是個芝麻綠豆般大的知縣，上下不配，到後來反要王夫人去向卞夫人提親，王鎮就是這樣一個勢利之人。如果拿揑不準，很容易將角色做反了，全齣戲也就反了。

《雙仙拜月亭》、《白兔會》、《香羅塚》、《紅菱巧破無頭案》、《醋娥傳》都是唐滌生先生在「仙鳳鳴」以外的精品名劇，希望大家不要錯過。

註解

【一】鍾允亮先生是我的好友，年前已經離世。他的太太伍達倜女士精於書畫藝術，曾為拙作《生生不息薪火傳》及《此生無悔此生》封面題字，《此生無悔付氍毹》亦蒙她再賜墨寶。

【二】戲曲用語，指定調，又可稱作「key」。

【三】其他劇種是十八年，咬臍郎由正印小生扮演的。

【四】見《阮兆輝棄學學戲：弟子不為為子弟》第五十三頁：「說起我這位表兄李景武，可說是『超級表兄』，他的來頭太大了。他是清朝兩廣水師提督，黃花崗七十二烈士的監斬官李準的獨子，因為他的姑姐嫁了我的舅父，於是我這黃毛小兒才可高攀成為他的表弟。」

【五】原為戀戀不忘，因新馬師曾前輩讀為「眷眷不忘」，因此我亦唸成「眷眷不忘」，與《三國演義》原文略有不同。

【第三章】筆耕墨痕意態真

在我七十年的演藝生涯裏，曾經執筆寫過不少戲。最初我為甚麼敢執筆寫戲？其實是很偶然的機遇。大家都知我是失學兒童，雖然自己也有讀書，也有做功夫，但是真真正正執起筆來寫戲，我始終是不敢。我小時候跟隨先父學寫詩寫詞，對音韻及平仄都學過少許，但畢竟一個藝人要執筆寫劇本，始終有點膽怯。

後來因為我組織「香港實驗粵劇團」，發覺很多劇本裏面也有少許砂石，大家商議後，同意略為修改，當日執筆人就是我。記得曾經整理過一齣中篇劇《寶蓮燈》，那是白駒榮先生《二堂放子》的版本，膾炙人口，我只做了很少的改動，這齣戲可說是我第一次真正執筆去寫幾場戲，不能算是一齣戲。後來輾輾轉轉，常在外做小生，波叔（梁醒波先生）非常信任普哥（尤聲普先生）和我，有時他見到劇本有些曲不太滿意，自己又不慣執筆，就叫我和普哥幫他修改，例如不唱中板改唱滾花之類，我們就幫他修修改改。為甚麼會是我們去修改，而不是編劇去修改？因為那時的風氣，由講戲、排戲到演出，時間很短，不像現在有較長的時間。波叔可能在講完戲之後，發覺有問題需要修改，但未必可以找到編劇，他就會找普哥和我在太平館餐廳幫他修改。有些戲因為我也有份演出，所以便由我們按波叔的要求修改。普哥那時的演出比我多，經驗比我豐富，於是由他提議，我來執筆，有時純粹由我執筆，可算開始正式為職業劇團修改劇本。

《啼笑姻緣》是我第一齣編寫的長劇，不過我是極度不滿意的。那劇團由牛哥（新海泉先生）領導，他說想演《啼笑姻緣》，我只是其中一個演員。因為是民初戲，牛哥需要購置新佈景和服裝，還出了宣傳，但編劇家遲遲未能交出劇本。眼看演期快到，忽然接到編劇家辭「編」的消息，牛哥情急之下便捉着我，叫我無論如何都要幫幫忙。我其實不是很喜歡張恨水那種鴛鴦蝴蝶派的作品，我對那個時期的小說都是水過鴨背，輕輕涉獵一下，只知道故事大概內容，現在忽然要我寫成一齣戲，如何是好呢？於是買了《啼笑姻緣》的小說，看了一遍，梳理一下需要哪些情節，哪些情節可以刪掉，然後就在一間酒店內閉關兩天。牛哥要我兩天內完成劇本，還要是穿民初裝的戲，太多梆黃，唱起來與劇本不協調，所以小曲比較多。我本身寫小曲及唱小曲都是差強人意，所以這兩天真的很辛苦。劇本寫了出來，我自己絕對不滿意，但也算是我第一次在職業劇團編寫長劇。

後來尹飛燕升正印花旦，組成了「金輝煌劇團」，她想有一齣屬於自己的作品，於是我為她寫了一齣《花木蘭》。因為她武打不俗，反串唱平喉頗佳，雖然個子矮，不像生（男角），但憑她的唱功、身段及武打，也可以應付自如，所以大膽寫了一齣《花木蘭》給她演。

其後又整理了《碧波仙子》及撰寫了《貍貓換太子》，寫多了，我變得比較有信心，自己敢執筆寫一齣長劇。經過一段長日子，我也寫了不少戲，但我無法每一齣戲都講寫作和構思的過程，有些我都忘記了。以下我挑選一些我比較喜愛的劇本，和大家分享一下。大家日後看完這本書，再給我意見。

《一捧雪》

很多人說《一捧雪》是「江湖十八本」的第一本，《一捧雪》、《二度梅》、《三官堂》、《四進士》，其實我頗為反對「江湖十八本」就是那些開頭有數字的戲。「江湖十八本」其實很多「本」是沒有數字在頭的，可能是有人穿鑿附會。另外有個講法叫做「大排場十八本」，那些劇本大部份沒有數字在頭。《一捧雪》是否其中一本？這個就可以肯定，但不可以肯定是第一本。最危險的地方是沒有數字在頭的就不是「江湖十八本」，這個說法講不通，我覺得這完全是附會之談，但《一捧雪》肯定是好戲。

我寫《一捧雪》時，取材了不少資料，如京劇的《審頭》、《刺湯》。京劇安排得不錯，但粵劇的《一捧雪》場口不可以太散，亦不可以讓觀眾覺得有些場口戲味太淡。演莫懷古的是仔哥（吳仟峰先生），一般文武生很少掛鬚，仔哥演的時候都沒有掛鬚。其實當時莫懷古應該不太老，不掛鬚應該可以，說得過去，對整齣戲的進程也無阻礙。

《一捧雪》是我喜愛的一齣戲，吳仟峰及尹飛燕的演和唱都不容置疑，整齣戲很流暢。《一捧雪》劇中的莫懷古因為一捧雪玉杯被嚴家迫害，他避難的時候仍非常愛護雪艷娘。古時是三妻四妾的年代，不是愛情專一與否的問題，那時的社會環境容許三妻四妾，所以不能說莫懷古既然有妻，還愛雪艷，並娶她為妾，便是個壞男人。莫懷古帶着雪艷逃難，雪艷亦誓死追隨，雖然最後二人都被嚴府擒獲。

雪艷是一個很有骨氣的女人，有智謀，有膽識，最後她還殺死湯勤。演繹和曲詞方面，我也花了很多工夫，吳仟峰與尹飛燕又真的演得很好。莫成替主赴死，大義凜然。還有一個角色就是陸炳，負責去審那個人頭是否莫懷古。我兒子阮德鏘的年紀比較輕，與他排練的時候，向他灌輸了不少做官的感覺，曲詞裏我也盡量寫到有做官的威嚴。雖然他偏幫莫懷古，但在官場上礙於有很多掣肘，不敢正面開罪湯勤，因為湯勤是嚴府派來的人。這點在寫曲的時候必須照顧到。

湯勤是一個飽讀詩書的卑鄙小人，是社會上最可怕的一種人。他有學識，你想不到的

小人湯勤（丑）與陸炳（阮德鏘飾）在公堂上舌劍唇槍

湯勤（丑）迷戀雪艷（尹飛燕飾）美色，以為娶得美人歸，洞房之夜終為雪艷所殺。

辦法，他也會想到，這類奸險小人是難演的，因為不能奸出面，為人很陰沉，看風駛㯏，勢色不對，便會變卦。在寫曲的時候就要能寫出來，不是單靠演員去做。初演之時，湯勤是由我自己去演的，是有一定難度的角色。

丑分很多種，有一種叫做「丑而不醜」，其實是好人，不過稍為風趣些，有些心術不正的人亦是由丑去做。我們演出時，都會參照中國戲曲裏的人物，在京劇裏常有湯勤這個角色的演出，反而我就找不到廣東戲裏的湯勤，因為很少人演過，拍電影的不算，因為電影裏放進了很多現實的東西，不等同戲曲。《一捧雪》的湯勤某程度上也是按照京戲方式演出。京戲裏的湯勤是「方巾丑」，粵劇沒有這個名稱，即是讀書人的丑，不是普通的市井人，等同《三國》裏的蔣幹，有謀有略，演出時要給觀眾知道他有學問，不是市井人。

《大明烈女傳》

《大明烈女傳》是我覺得比較失敗的作品，我是將〈貞娥刺虎〉變成《大明烈女傳》，但整齣戲都是錯的。《明末遺恨》沒有花旦戲，不像《帝女花》整個筆觸放在長平公主身上，我應該將重心放在崇禎的《明末遺恨》上，現在拖了一條尾巴，變成了一齣《大明烈

崇禎（鬚生）攜侍監王承恩（丑聲普飾）上敵樓撞響景陽鐘召集群臣，無人理會。崇禎心知大勢已去，無奈返回宮中。

女傳》。

明亡是因李闖入京，之後捉了費貞娥，錯將她當是長平公主，將她配予李闖麾下一員將軍羅虎。貞娥於洞房之夜刺殺羅虎，所以那場戲又叫做〈刺虎〉。整齣戲在轉折的地方，我覺得寫得不滿意，將來有機會再修改，但我很喜歡那段寫「撞鐘」、「分宮」的戲，我按照崑曲的寫法，改寫成純粹廣東戲。廣東戲也能演出崇禎那種徬徨無奈，群臣背叛，無人理睬的感覺。在這種困難的環境下，只有王承恩跟隨他，這兩場戲是末路君王的寫照。崇禎登基的時候曾經勵精圖治，銳意改革，但積重難返。因為饑荒，發生人吃人事件，慘況難以形容，崇禎的勵精圖治只能有心無力，最後更慘淡收場。死前他更要殺光自己的后妃和兒女，不然落入賊兵之手就不堪設想。《帝女花》都有寫這一場故事，唐滌生先生寫得非常好，但我用另一種筆觸重新寫一次，用「明末遺恨」的感覺做中心，但〈明末遺恨〉之後，加了一場〈貞娥刺虎〉，我始終覺得不順。

有關〈貞娥刺虎〉，我有兩件事要與大家分享。第一，我是用了師父麥炳榮先生與鳳凰女女士合唱的唱片《貞娥刺虎》做藍本，我覺得唱片的曲寫得非常動聽，我就在尾場〈刺虎〉套用了。另外，我寫了一段《紅燭淚》，等如寫了一首詞在開頭，「風雲改變河山色，萬里烽煙民怨極」，這一段曲我很用心寫，我是代入國亡家破的人物去思想自己的國家會如何。

節錄自《大明烈女傳》之〈貞娥刺虎〉

貞娥：〔唱《紅燭淚》〕風雲改變河山色，萬里烽煙民怨極，將軍血，徒染江河碧，征夫骨，徒飽梟狼食。縱孤身，劫後豈懼雪霜迫，苦海慈航無處覓，以一己之力，能與豺狼敵，不向千秋博嘆息，暗藏屠刀候今夕。

第二，〈貞娥刺虎〉除了《紅燭淚》那段曲我喜愛之外，還有一段牌子曲《銀台上》是現時我們經常唱的。原來我們經常唱的版本就是從〈貞娥刺虎〉出來的，但有幾個字不同，「銀台上光光的鳳燭墩」，我們說「燈」，他們是說「墩」，不是「燈」，因為外省蠟燭用的燭台叫做「墩」；另外一句「高堂月門巫山近」原來是「高堂月滿巫山近」。在此與大家分享了這兩件事。有些曲很難找到出處，如《思凡》知道出處，但《銀台上》我從來不知道它的出處，結果因為做《大明烈女傳》，寫〈貞娥刺虎〉時，找到梅蘭芳先生的演出本，就有這段曲在內。

闖賊心腹羅虎（小武）洞房之夜被大明烈女費貞娥（尹飛燕飾）刺殺

《大鬧廣昌隆》

我為人表面樂觀，其實很多睇法都很灰色。我自小就很喜愛差利．卓別靈（Charles Chaplin）的電影，他的黑色喜劇發人深省，引導我們去反思。他同情小人物，有人性，有同情心，我不經不覺在自己的作品中，亦流露出這種情感，我寫《大鬧廣昌隆》其實都是這個原因。「絨線仔」劉君獻是善良的小人物，竟然遇到了女鬼廖小喬，初時被她嚇得半死，但了解整件事情後，就見義勇為，替小喬去雪冤報仇。

這段戲很多人都演繹過，有粵劇，有電影，甚至潮劇的《柴房會》。丑角是武丑，有爬繩爬梯的動作，很多表演功夫，十分豐富，但粵劇一向以來都不是去演功夫，只是把戲演出來，七叔（廖俠懷先生）是其中的表表者。很多劇本都是他自編自演，可能這齣《大鬧廣昌隆》也是他寫的，還是以前已經有這個劇本，再由他加工呢？我就不得而知，因為沒有做過特別的資料研究。

據普哥（尤聲普先生）憶述，廖七叔演的時候，有表演「被鬼砸」，在床上轉動，這個技巧我無法做到，不知七叔用甚麼方法去做，普哥亦教不到我，只見過七叔有這樣的表演。新金山貞先生也向我提及幾件事，例如要對女鬼說除條褲蓋着她，她便會被打入十八層地獄，這類介口就是新金山貞先生提供的，說當時是這樣演出。我將所有資料集齊，始終沒有見到廖七叔的劇本，可能年深日久，已散佚了，四處問人都問不到，無奈唯有自己寫。

《大鬧廣昌隆》充斥着大量的無奈，廖小喬被趙懷安的甜言蜜語騙了所有金錢，最後山窮水盡，無奈之下，很氣憤地去上吊，我覺得是很值得同情的人物。一定要寫到她是值得同情，劇中人劉君獻才會同情她，觀眾才會同意劇中人劉君獻同情她，這方面我寫得非常用心。

劇中絨線仔劉君獻的戇直很重要，如果他很有心思，左思右想，就不是這個人物。他很戇直，結果他也受了不少苦，例如告狀時，忘記了雞啼時女鬼就要走，還對官說女鬼會上他的身，向官稟告，結果原來女鬼已經走了，絨線仔被打了一頓，這些當然有一定的笑料，但卻是笑中帶淚，因為他是一個無辜的好人。甚至到城隍廟買路票，都是出於善良而正直的做法，小喬要報仇，他就去城隍廟求判官賜給她路票。

在〈城隍廟〉這段戲，我加了一段南音，因為杜煥先生有一首南音是唱城隍廟，但比較長，我濃縮成現在的版本。

絨線仔劉君獻（丑）被艷鬼廖小喬（南鳳飾）嚇得魂飛魄散

判官化作凡人去幫小喬報仇這橋段，是我想出來的，舊時好像不是這樣安排。至於「大鬧」二字，最初期有人批評，說沒有「大鬧」，演後檢討時發覺此說甚對，因為當日演出沒有大打，後來也安排演員多做些動作，不然沒有了翻天覆地的感覺，不像「大鬧」，這是演出方式的問題。

我平時也不是一個搞佈景的人，儘管我做過佈景設計，但我不是很投入搞佈景，但這齣戲一定要搞。因為我用了倒敘的手法，這邊廂廖小喬的鬼魂還未進場，那邊廂的廖小喬與趙懷安便一同出來，我不想將這個感覺分成兩場，演到廖小喬講述她的生前就落幕。儘管我一直都不喜歡在戲曲舞台上運用其他手法，但這齣戲也迫於無奈用了。這個其實是舞台劇手法，設計了一張床，遮住背後一道小門，南鳳飾演的廖小喬一邊在訴冤，唱反線二黃，一邊走進大床帳的後面，進了後台換裝，但她一直唱着沒有停。另外一個替身與她穿着同一服飾，在另一邊走出台前，我飾演的絨線仔就一直跟着後來的替身。我有些故意的遮着觀眾的視線，那演區的燈光亦比較暗，場上的聲音仍是南鳳，這是我特別設計的。南鳳一唱完那段曲，另一邊廂的廖小喬和趙懷安就上場，還要是真正的南鳳。最初很多觀眾都感到驚訝，明明台上的聲音是南鳳，忽然南鳳在另一邊出現，還換了服飾。當日的替身是李振歡，她的造型與南鳳亦十分相似，這就是憑燈光佈景等去營造出這個效果，觀眾都很接受。儘管我自己不喜歡耍效果，但我覺得這個效果要一下也無妨，對整齣戲無傷大雅，反而有益。

這齣戲純粹是黑色喜劇，在做丑角方面，我見過不少名丑，波叔（梁醒波先生）、安叔（半日安先生）、儉叔（歐陽儉先生）都是鼎鼎大名的名丑，我也有幸曾親炙，陪過他們演戲。他們每位都有自己的作風，不譁眾取寵，不用怪腔怪調，縮頭縮頸，引觀眾發笑，純粹按照劇本去演，陪劇中人喊，陪劇中人笑，演得很自然。丑角演員最忌古靈精怪，按劇本去演，哭就哭，笑就笑，不能因為這齣是喜劇，就不准哭。廖小喬的遭遇這樣慘，觀眾會哭，但某些笑料又令觀眾笑起來，這類戲有時會令觀眾啼笑皆非，不知道應該笑還是哭。我很想後學的演員記着，做丑不是每秒鐘也要引人笑，但每秒鐘也要在角色裏，每秒鐘都是自然地去演出，不要譁眾取寵，不要誇張，不要越界。其實丑生演員很易出界，在台上講時事，説現代話，套入時事一定會令觀眾笑，但時事過後便會成為舊聞，會冷卻，十年後再演出，觀眾就會無反應，所以演員不應走這條路。

服裝方面，廖小喬一定要置兩套一樣的服裝，一套自己穿，一套給替身穿。此劇有幾個小人物及傍角非常出色，除了主角趙懷安、廖小喬、劉君獻外，二叔趙瓜齊、兩個店主，甚至廟祝，都很重要。開山演出時，我開心到不得了，敖龍叔演的廟祝戲不多，全個人好像瞓唔醒的樣子走出來，做了整場戲，好到難以言喻。如果你是現場觀眾，看到一定很好笑。那間城隍廟其實甚少人到，廟祝常在內裏打瞌睡，忽然有人來，廟祝就是一副睡眼惺忪的樣子，好有現實情景的感覺，這全靠懂得演戲的演員才能做到，儘管他戲不多，也可以演得非常細緻。

王四郎與蔣世平都是很好的傍角，這幾年相繼離去，真令人懷念。其實整齣戲最爆笑的地方，就是劉君獻被官打了幾十板後，很辛苦地回到客店，見到廖小喬的鬼魂，小喬告知因為天亮了，無奈要走，劉君獻明白原委後，決定晚上帶她去城隍廟見判官。及後見到店主，店主明知房間有鬼，但劉君獻求他收留，無奈只好把那間房給了劉君獻住。店主當時只是說房間「揦鮓」，廣東人說「揦鮓」可能暗示有鬼，劉君獻不知就裏，以為「揦鮓」是污糟，還說鬼都唔怕，點會怕「揦鮓」。

這只是誇口之言，店主覺得既然劉君獻說不怕，就給他住，入住後當晚果然翻天覆地。第二天見到店主，其實店主是來探聽，因為昨晚沒有聽到房中有嘈吵聲，只聽到有人唱南音。唱南音不過是劉君獻用來壯膽，很多人也是怕黑就大聲唱歌。劉君獻見到店主就很憤怒，店主還問他昨晚有冇見到鏡裏有個女人？有冇被滾水淥親呀？所講的全部都是昨晚發生過的事。劉君獻心想，原來你是知道的，跟着便一段快白

劉君獻（丑）到城隍廟求廟祝（黎耀威飾）向判官（梁煒康飾）求賜路票

欖罵他：「戚崩能，你個死監躉，明知猛鬼叫我鬪，你話你幾黑心，驚我唔死得，重走嚟左問右問，問問問，番去問你娘親。」表面聽來好像講粗口，但其實「去問你娘親」不算是粗口，不過意識上是很憤怒才會講。何謂「戚崩能」？我就無法解釋，不過東莞話常有這句「戚崩能」，我有些朋友講東莞話，就有這一句，但正字怎樣寫就不知道了，現在只能音譯。

鬧人「死監躉」就常有，舊時聽很多老人家用來咒罵人。其實估不到全晚最爆笑就是這一段，很多人還要我寫給他們，練習一下如何講。雖然是講笑，但整齣戲是有深意在內的，結尾時那種依依不捨非常重要，所以我連下句滾花都沒有。劉君獻一出來見到趙懷安死了，趙瓜齊死了，趙懷安的妻子暈了或死了，走出來的感覺是：廖小喬還在嗎？最後發覺連小喬都走了，但不知走了多遠，於是大叫：「小喬你自己保重呀！」這個是很真誠的舉動，是人之常情，不論是人是鬼，感情都是一樣。

《文姬歸漢》

我在此鄭重地再講一次，很多謝逑姐（陳好逑女士）。自從聲哥（林家聲先生）淡出舞台，逑姐曾經有幾年推掉了不少台期，但卻肯復出提攜我，她說是因為「大龍鳳」的時候，她做第二花旦，我師父對她時加照顧，她為了報答我師父，所以答應與我演出。

我很用心地為她寫了一齣《文姬歸漢》，因為《文姬歸漢》是我意識裏無可奈何到極點的故事。蔡文姬是一個飽讀詩書、精通音律的女子，但每段婚姻都不能白頭偕老。第一任丈夫戰死沙場，自己被匈奴擄去。左賢王對文姬非常好，不單是因為她的美貌，還因為她多才博學，希望她教導子女和族人，而蔡文姬亦能發揮所長，兩人是真心相愛的。誰知曹操經過一輪征戰後，很想偃武修文，發現《漢書》乃蔡邕所著，他的女兒被匈奴所擄，認為蔡文姬被擄定是受了很多苦，於是想救她回來，這個是很正常的想法。不單曹操如此想，連自小與她一同長大的董祀也有同樣的想法。於是董祀提議由他出使匈奴，帶了十乘珠寶去贖回文姬，但原來竟然好心做壞事。蔡文姬與左賢王感情深厚，恩愛非常，誕下一子一女，曹操卻強贖文姬歸漢，弄到文姬夫妻分散，母子分離，終生不能復見。

我寫《文姬歸漢》，第一是為逑姐度身訂造，因為她是一個有內涵的演員，非常理解劇中人，也花了很多工夫。她最初對我寫的戲沒有太大信心，但又不可以說出口，我告訴她可以放心，因為有德叔（葉紹德先生）在。他與我是好朋友，情商他與我聯合編劇，主題曲一定是由德叔寫，最後尾場的主題曲就是德叔的手筆。我很記得〈分別〉那場戲，夫妻分別，寫到結尾時，唱完《鳳笙怨》，按我原本安排，胡兒便上場，但逑姐看完劇本後，對我說：「好似還欠了些東西？」她建議兩人唱一段小曲，然後胡兒才上場，因為胡兒一出場，這場戲就要完結，整齣戲亦迫到高潮。我當然贊成，但我寫劇本很奇怪，想講的內容講完了，就無東西可寫，不知如何是好。於是我立即打電話向德叔求救，德叔問個明白後，了解這場戲是甚麼韻腳，便答應了。我告訴逑姐，請她放心，德叔會代勞，第二天早上德叔就約我午飯，交了卷，可想而知，德叔是如何幫我，我非常感恩。

左賢王（小武）驚悉蔡文姬（陳好逑飾）辭胡歸漢，恩愛夫妻從此袂別。

述姐演這齣戲值一百二十分，她說〈歸漢〉那場，用一枝洞簫，少許音樂伴奏，走出台唱盧家熾先生為電影《秋》所寫的名曲《婢女淚》，說我在考她。我說如果不是她演，我也不夠膽這樣寫。她真的能演出那種靜，那種無奈，令觀眾很感動。

述姐十分喜歡《文姬歸漢》這齣戲，演出三數次後，她忽然對我說：「我見曹操那場，我進場時無法找回第一次演出時的感覺。」我也說她那次感覺很好，現在的演出感覺也可以，但她總是對無法找回第一次演出的感覺表示不滿。名演員都有這種問題，演員要尋回某一次演出的感受，其實是一件困難的事。儘管述姐演過多次《文姬歸漢》也沒有失過水準，但她自己一直都不滿往後演出那場見曹操的戲的進場，無法演回第一次的那種感覺，雖然那只是進場的一小段。

述姐在戲裏有幾個思考上的處理做得非常好。一是第二場董祀前赴匈奴贖文姬回漢那一節，她那種不知所措的感覺；二是第三場她決定回漢，左賢王聽到胡兒說娘親要歸漢，左賢王追問文姬是否不顧十二年的夫妻情義、拋夫棄子時，迫到文姬無言以對的感覺。那一段唱段，唱得很心酸，我寫的時候，那段戲連我自己都寫得痛入心脾。

整體而言，很多位演員也演得非常稱職，雖然戲份很少，但也演得恰如其份。普哥（尤

夫妻母子分離在即，左賢王（小武）、蔡文姬（陳好逑飾）與胡兒（郭俊聲飾）三人相擁痛哭，肝腸寸斷。

聲普先生）的曹操、細女姐（任冰兒女士）的曹操妻子卞夫人、郭俊聲的胡兒，戲份很少，但有獨到之處。特別是細女姐的卞夫人，演到當她看到文姬見了曹操離開入場時，曹操還説文姬無禮，一句道別的説話也沒有就走了，細女姐演的卞夫人就對曹操説了一句：「今次你好心做壞事！」那種感覺完全出於自然，完全從婦人的角度講出心底話。這種演員十分難得，將來能有多少人可以追到她們的成就，就不得而知。

〈歸漢〉的場面是劉洵老師編排的，因為我不擅長安排人多的場面，我就交由劉老師去構思。在他設計下，做了很多大旗，儀仗隊吹號角，當時戲班中幾位號角吹得很好的號角手，我也請他們來幫忙，因為我覺得一枝號角是不足夠的。現在他們有些年紀大了，有些已經離世，再演已沒有當年吹號角的聲勢。《文姬歸漢》可說是逑姐和我都很滿意的作品。

《呂蒙正·評雪辨蹤》

《呂蒙正》又是一齣阿Q精神的、也是無可奈何的戲。那種感覺與《文姬歸漢》有點不同，因為呂蒙正一直都很貧窮，未嘗有過錢，相反劉月娥非常富貴，還要是大官的女兒，比對十分強烈。

逑姐演的劉月娥由聽到呂蒙正唸詩，到故意將繡球拋給蒙正，之後出來帶蒙正入府，那種少女情懷十分獨到。一個千金小姐親自出門迎接，是十分欣賞眼前這位秀才、這位甚有風骨的男子。入府後，父親堅決反對，月娥寧願離開家庭，也表明要跟定這個男人；《王寶釧》雖然也有類似的情節，但逑姐處理這個官家小姐又有些傲氣，又有些嬌嗲，又要哀求，但到最後咬緊牙關，認定蒙正是個好人，跟着他離開。到了〈回窰〉一場，逑姐處理這段感情戲可謂一絕，起初走得很累，走走停停，蒙正以為她不能夠捱苦，那就說不如回轉家堂，那時月娥反而說：「誰人話我唔捱得？」以逑姐的年紀演一個少女的感情，十分難得，還要演得很絕。

到了蒙正居住的磚窰，月娥發現那個窰門又矮又細，怎樣入窰？如何住人？其實中國的磚窰內裏不是很矮，但窰門就一定很矮，有些窰內裏很小，有些則比較大，例如在西北方的磚窰其實很大，可以住人。呂蒙正好像很輕鬆，輕描淡寫的對月娥說那堆禾稈草就是床，很舒服，冬暖夏涼，因為呂蒙正已經接受了自己的生活。但月娥從來都未試過，一見到那堆禾稈草已不知如何去睡。月娥由離家過渡到接受蒙正的現況，其中的波動很大，發現蒙正真是這樣窮，應該如何去同情他？安慰他？她最終說服自己，「其實都唔算很窮啫」，令蒙正甚至觀眾都覺得很溫暖。所以我和逑姐排《評雪辨蹤》時排得非常開心。

這齣戲到了尾段，我加了一場川劇的〈迎賢店〉給普哥（尤聲普先生）演。他的店主婆演得一絕，施展渾身解數。但後來演《評雪辨蹤》，我就減了〈迎賢店〉這一場，第一因為演的不是普哥，第二因為這齣戲太長了，只不過是因為我想將川劇的〈迎賢店〉放進這齣戲裏。這一場戲本來好風趣，很有味道，可惜整齣戲實在太長了，後來只有忍痛割愛。

《評雪辨蹤》是一齣很標準的窮生戲，蒙正窮到連飯都沒得吃，走去寺廟討飯，結果因為飯後鐘而撲個空，十分氣憤。當他回窰見到雪上的鞋印，還要是男人的鞋印，他懷疑是因為氣憤，如果平心靜氣地回窰，就不會懷疑。這個需要兩位演員配合得很好才可以做到，包括冷的感覺、開門有風進入，在身段上我們二人排了無數次。以逑姐的經驗也與我排了無數次，不滿意又再排，因為大家知道，如果二人不配合是很難看的，貌合神離就壞了整齣戲。這是我十分喜歡的一場戲，例如拿竹枝去自刎，蒙正不是開玩笑，他是認真的。一對小夫妻的感情裏面，不是嬉笑怒罵，不是打情罵俏，內裏蘊藏深厚的感情。

臨上京赴考之時，我刻意寫到呂蒙正說自己不會不高中。之前雖然仍在說笑，說將來

月娥之父劉仲實（老生）不
納窮酸女婿，反悔婚姻。

歸家路上，呂蒙正（窮生）雙手牽着答答含羞的劉月娥（陳好逑飾）。

有香車寶馬回來迎接，但呂蒙正由始至終也有阿Q精神，以維持他的生活，倘若不是如此，他早就活不下去。飽讀詩書但又貧寒至此，臨入場的時候，我刻意安排逑姐演的月娥叫蒙正回轉，問他：「你今科不中又何如？」蒙正呆了一呆，停頓了，在這裏我要求二人都停下來，因為蒙正腦裏從來沒有想過會考不中，他一直都是勇往直前，只想着高中狀元。月娥突然一問，他如夢初醒，真的有機會不中，那如何是好？那種失神後死撐的感覺，最後講了一句：「不會不中，不會不中，我一定中！」就起程去了。

那是人之常情，還要是呂蒙正這種滿腦子阿Q精神的人之常情，他要撐起自己，一直撐到最尾，後來他真的高中了。尾場的〈碧紗籠〉，二

呂蒙正（窮生）飢寒偏遇飯後鐘，回窰又見雪上足印，被月娥氣弄一番，氣得執起竹枝自刎。

夫妻二人評雪辨蹤

呂蒙正（窮生）與劉月娥（陳好逑飾）及岳母劉夫人（陳嘉鳴飾）重訪昔日寺廟，續寫當日未完詩句，狀元墨寶早已被碧紗籠罩。

呂蒙正（窮生）高中狀元，店主婆（梁煒康飾）與報差（王四郎飾）巴結逢迎。

人重臨昔日的寺廟，他也是處之泰然，最後勸告那些僧人的說話是由月娥講的，不是蒙正自己講的，他只是一笑置之。已經高中狀元了，還需與僧侶計較嗎？畢竟這也是一種教育，所以我安排由月娥勸告僧人，要與人方便，不要看輕別人，這個可算是教育責任。

《呆佬拜壽》

《呆佬拜壽》這齣戲，令我驚到「鼻哥窿都冇肉」，為甚麼呢？因為很多人都說有齣《呆佬拜壽》電影可以參考，可以根據電影來寫。最初我都信以為真，後來發現最早期的《呆佬拜壽》只有半齣戲，是馬大叔（馬師曾先生）演的，還不是全晚演《呆佬拜壽》。不明為甚麼那時可以兩個半齣戲一齊演，我甚至找不到當年的劇本，只有故事橋段。

我看過波叔（梁醒波先生）主演的電影《呆佬拜壽》後，發覺電影的情節並不豐富，搬上舞台無戲可演，如何能演一整晚？我真的擔心到不得了，而且《呆佬拜壽》是要帶着「朝暉」的新秀演員演出的。大家都知道悲劇很容易令人哭，喜劇則不易令人笑，你覺得好笑的，觀眾可能覺得不好笑。我擔心到快要死了。

儘管如此，我寫的時候也本着良心去寫，不可以隨隨便便寫些笑料就算。我很深入的去寫戴家大家姐、二家姐、大姐夫及二姐夫怎樣趁戴父病了，謀奪三妹的家產。種種事情令到正印花旦飾演的戴三姐，最終咬緊牙關嫁給劉亞茂。縱使她知道亞茂是傻仔也願意嫁給他，不單因為是指腹為婚。飾演三姐的演員一定要將那種氣概和感覺演出來，眼見這個家是狼窩虎穴，兩位親姊姊這樣對待自己，為何尚要留在戴家？倒不如依從婚約，嫁給那個因生病而變成傻仔的亞茂。

劉亞茂其實不是很傻，只是懵盛盛，是一個好人。第二場亞茂去買衫的笑料，其實已是陳年笑料，我小時候聽到都幾乎不會笑，是那些聽滿耳的笑料。其後〈洞房〉那場的「㨃呀㨃！㨃呀㨃！」拿枝棍去㨃，只是很一般的笑料。全劇最重要的是人的性格，真的情感，亞茂對妻子三姐的感情，在洞房那一晚的對話中表露無遺，令三姐感動，感到亞茂是好人，為何上天要這樣對他？然後三姐才覺得要幫助亞茂，因為他甚麼謀生能力都沒有，傻傻笨笨，如何謀生？於是她安排亞茂去做生意，但賣蛋又不成功，賣紙錢衣紙又被吹走了。最後我忽發奇想，安排了一場義莊戲，是我特別加進去的。

關於何恭仕這個角色，我本來是叫梁煒康分四個角色來演，第一場做醫生，第二場做賣衫的老闆，第三場做路人，第四場做一隻鬼。後來梁煒康提議，不如是同一個人物。我回心一想，對！同一個人物，做甚麼都不成功，做醫生其實是去騙人，被人拆穿無得做，賣衫又蝕大本，賭錢又輸清光，結果吊頸死了，其實也很警世。賭其實不是一件好事，最後害到他變成一隻鬼。於是我決定由梁煒康演同一個角色，但有四個身份，由原本四個角色合併成一個角色，梁煒康演得非常好，當然也有譁眾取寵的地方。在做鬼的過程中，我們加插了類似《再世紅梅記》的鬼魂出現，梁煒康演得像李慧娘鬼魂出現，飄飄然走鬼步，觀眾哄堂大笑。只要看過《再世紅梅記》的觀眾，自然明白為何那麼好笑。但有一件事我疏忽了，第一天演出時，我差點笑到唱不出來，原來梁煒康不會捉棋。我放了一盤象棋在枱上，我唱的曲文其實全部在真實棋局上會發生，但梁煒康將棋子胡亂擺放，全不對位，我見到幾乎笑到出不到聲，原來他一丁點象棋都不懂，真是萬萬估不到。

劉亞茂（丑）呆頭呆腦，卻娶得貌美善良的戴三姐為妻（尹飛燕飾）。

節錄自《呆佬拜壽》之〈義莊〉
何恭仕：〔唱《平湖秋月》〕共你行盤棋
亞茂：咁快就督卒確係奇
何恭仕：我炮立中宮你顧住嚟
亞茂：於是乎要開車
何恭仕：即刻出馬咪遲疑
亞茂：你嚟唔切我已經沉落去
何恭仕：我上士嚟補呢一處
亞茂：無咁容易，我中宮炮又夾攻隻車打橫嚟
何恭仕：我士象全未怕你
亞茂：我博一隻乘機將一將你，將軍
何恭仕：我出公
亞茂：我吃咗隻士，再將一將你，咦去邊鬼處走士出嚟？我明明嗒咗佢

亞茂（丑）與鬼魂何恭仕（梁煒康飾）義莊對弈

亞茂（丑）即席揮毫，才情驚四座，三姐（尹飛燕飾）喜極而泣。

何恭仕：話咗你無謀似隻豬

亞茂：咦咦，盤棋，唔似，乜你隻象會食我隻車，唔算，周身奸賴博盲棋

到了尾場，我十分重視，因為亞茂清醒後甚麼都不記在心，只記掛着自己的老婆，要為她爭回一口氣。人人仍以為亞茂是傻仔，其實他已經清醒了，所以尾場演得很有爆炸性。這齣戲尹飛燕演得非常好，徐月明的年資不及尹飛燕，但她初演之時也演得非常落力和稱職。

曲中有一句「從今切莫再欺人，打倒個霸王你至係高一等，打倒個傻佬，唔怕醜死人。」其實我從來不會對那些無招架之力，身份比我低的人發脾氣。如果你是我老闆，也許我會向

你發脾氣，因為我會在我的工作崗位上堅持，但有些人你對他發脾氣，是會嚇壞他的，對整件事亦沒有任何好處。又如在會議上有某人已處下風，我不會再對他落井下石，不要令人覺得怕了你，我很刻意在劇中表達這點，「打倒個霸王你至係高一等，打倒個傻佬，唔怕醜死人。」

其實《文姬歸漢》、《呆佬拜壽》、《大鬧廣昌隆》及《呂蒙正》對我而言，是有很大的感觸。呂蒙正賣畫不成，天寒地凍攬着幅畫回來無可奈何的樣子，想起我父親當年的景況，照做就成了。我很喜歡劉亞茂的戇直，我很同情一些愚蠢的人，只要戇直而心地好就已經足夠。《文姬歸漢》的無可奈何，其實是因為我眼見很多事都是無可奈何，甚至自己也曾發生很多無可奈何的事，於是感觸良多。

《煉印》

二零一零年是「香港實驗粵劇團」成立四十週年，當時的「香港實驗粵劇團」由一班志同道合的行內人組成。我們規定要是行內人，就算不是，也需與舞台有關。雖然「香港實驗粵劇團」曾經停頓了一段時間，但到四十週年又再做一個演期，當中不少話劇界的朋友叫我寫一齣近似中劇的折子，我就寫了《煉印》。

一九五五年，我看了一齣閩劇電影《煉印》，戲裏很多事也發人深省。假官審真案，很多戲裏也有類似冒官的情節，如《冒官記》，但是情節及被壓迫的感覺，在《煉印》這齣戲寫得很精闢。

《煉印》寫一個二世祖接了任命，還要繞道其他省去娶老婆，然後才去上任，結果遲了十天八天。這個是描寫做官的二世祖覺得上任是一件閒事，娶老婆才是正事，把正事當是閒事。相反，另外兩個很有正義的人，一個是衙門師爺，一個是公差，看不過眼衙門官官相衛，冤枉好人，二人因直言被革職，到了某個地方，見到有冤案發生，想到光同情苦主沒有用，除非有個官出來主持正義才可翻冤案。二人便忽發奇想：為何他們不可以是官？起碼當一陣官，為苦主解決了冤情也是好的。其中一人懂得熔蠟技術，於是用蠟做了一個假官印，假官印如何瞞過驗證呢？這就要捉心理了，誰人敢對上任的新官討個官印來驗？都只是看看便算，於是假官在錦袋中取出官印亮一亮就放回袋中，沒有人夠膽拿上手檢驗，這方面描寫得很好。到後來真官出現了，假官想出了借聲東擊西之法，偷龍轉鳳，以假換真，這些雖然有戲劇性，但並不是此劇宗旨所在。此劇的宗旨是，若果有冤案發生，

楊傳（丑）與李乙（梁煒康飾）為民請命去冒官

李乙（丑）與楊傳（尤聲普飾）兵行險着去煉印

其實是全民受害，大家都有責任幫助受屈含冤的人。

但一個人隨便就可以去冒官，去解決一段冤案嗎？這只是戲劇性，冤案不是說解決就可以解決的，會有後續的問題出現，這一點我比較謹慎。最尾一場是我新增的，假官進去監房盤問真官，令真官誤以為假官是朝廷派來的，一句都不敢多說，相信那個假官，這樣安排才可以令後續的事情消失。如果不是這樣安排，那個真官遲早會被人發現是真的，那個走了的假官一定難逃追捕。這個安排令假官免被通緝，因為真官也認為假官是真的，這個是我加上去的結尾。不要讓觀眾覺得事件萬一拆穿了，那兩個冒官的人便會被通緝。不可以說一世也追捕不到二人，因為社會

楊傳（丑）與李乙（梁煒康飾）一招金蟬脫殼，騙得陳魁（黎耀威飾）相信二人是欽差大臣。

有法律規管，我覺得加了這個尾場，整齣戲就比較自然了，他們永遠都不會被人追捕。

《煉印》是一齣很有爭議的戲，可以說它影射官場，甚至在鬧政府，隨時可以被扣帽子，遊街示眾。不過寫戲的人也會本着自己的良心來寫。《煉印》這類戲不應該被忽略，因為可以警醒官場的人，事事應該以民為主，不要官官相衛。此戲的出發點相當好，當然會否引起問題，就沒有人敢說了。

《碧波仙子》

《碧波仙子》是我為尹飛燕改編的，這齣戲原是霞姨（鄭孟霞女士）寫的，我只是改編。唐叔（唐滌生先生）過世後，霞姨自己也有寫劇本，此劇最早是寫給蘇少棠先生和李寶瑩女士兩位演的，名為《碧波潭畔再生緣》。這齣戲寫得非常好，為甚麼我又要重新整理呢？因為有些場合，加些改動會更有新意。如第一場鯉魚精在水底的生活，水族們的玩耍，龜精、蚌精都在玩耍，未有愛情之前的快樂，鯉魚精年年月月也是這樣過，但是很空虛，這方面是我着墨較多的地方。我還選了一支樂曲《豌豆花開》，感覺這首曲的仙意甚濃，因為鯉魚精已經修煉成仙。

改編這齣戲前我看了田漢先生的《金鱗記》，亦叫做《碧波仙子》，田漢先生寫得很獨到。兩個金牡丹，到底哪個是真？還請了包公出來，龜精也幻化成包公，變成出現了兩個包公，誰又是真的包公？最後是真包公覺得那隻妖精很有感情，不論誰真誰假，他不再理會此案。這一點是田漢先生着墨的地方，我亦秉承他這個感覺，「情真才是真，情假就是假。」觀眾知道情假的那個是真的金牡丹，但這句說話要說給世人知，人是要有真的情，不可以嫌貧重富，門當戶對，也要講「情」，所以這齣戲點題的地方就是「情」。

龜精（丑）修道千年，法力高深。

龜精（丑）化身婢女春花，從中戲弄張珍（凌安僖飾）與金牡丹（張潔霞飾）。

龜精（丑）幻化包公

鯉魚精寧願不做神仙，被貶凡間，也要做張珍的妻子，就是因為「情」。由一條鯉魚變成精，要經過千百年的修煉，為何她可以捨棄成果？就是因為有情，就是因為情是真，所以這齣戲盡量顯示的就是「情」。田漢先生寫完之後，遭逢非常的大禍，這是政治問題，我們寫戲的人顧不得那麼多，但田漢先生講出的感覺非常到題，令我佩服不已，希望大家看完這齣戲有所感受。

我也演過龜精，那是陪「朝暉」年輕演員去演，龜精要多次改裝，又要扮婢女，又要扮包公。作為一個前輩，只要有能力做到，我就陪年輕演員去做。不要小看這個角色只是穿穿插插，這個角色是由正印丑生擔

張珍（小生）與化身金牡丹的鯉
魚精（尹飛燕飾）花市觀燈

韋馱（小武）與哪吒（阮德鏘飾）奉命捉拿鯉魚精（尹飛燕飾）

演的。為了培養「朝暉」一班年輕演員，所以我陪他們去演。不論張珍、韋馱、真假包公我也做過，其實講來講去都只是表演，最重要是了解這齣戲的宗旨，就是「情真才是真」。

在〈觀燈〉那場戲裏，張珍以為鯉魚精幻化的金牡丹嫌貧愛富，二人發生了誤會，解釋明白之後，二人就開開心心趁燈會之期去觀燈。我在這裏刻意安排了一段南梆子。我很少將京戲的東西生剝硬吞的搬入粵劇，這一次的調式和曲牌，我卻是生剝硬吞的搬入粵劇，唱的當然是廣東話，我覺得幾有意思，而且南梆子與粵劇的梆黃分別不大，都是上下句，所以我才將它搬入劇本裏。

《瀟湘夜雨臨江驛》

《瀟湘夜雨臨江驛》取材自元曲《臨江驛瀟湘秋夜雨》，我一直都鍾情這齣戲，結果在機緣巧合的情況下寫了做了。

開山演出時，我演反骨仔崔通，後來我就改演張天覺，橋段本來只是一般。頭場那場面卻較特別，講述張天覺赴任，那兒的人附會傳説，説每年都會把一個少女拋進河裏祭河神，類似河伯娶婦的故事。張天覺覺得當地人很迷信，不信傳聞，也不理任何風浪，命人繼續前行。當時他已經被貶官到江州赴任，結果繼續前行真的遇到風浪沉船。此戲我是專誠從廣州請何國耀老師來香港為我們排這場沉船戲，他排得很精彩，可惜不久國耀兄便離開了人世。一場水漫船沉，花旦墮海呼救，很有戲曲舞台感覺的戲，就成了國耀兄的遺作。

到了尾場叔父崔文遠千里迢迢去找崔通，但不見了姪抱翠鸞，質問崔通，十分暴躁。總括來講，這齣是令人滿意的警世劇。雖然描寫反骨的戲有《陳世美》和《王魁》，但有部份戲場亦類似〈義責王魁〉，借叔父崔文遠的口罵那些敗類。戲曲裏罵人，不是罵一個人，而是罵所有同類的人，也有教育意義在內，叫人不要薄倖，不要負心，不要忘恩負義，這些全部也是人性，希望能有警世作用。

諫議大夫張天覺（鬚生）被貶江州

崔通（小生）心術不正，人面獸心。

戲曲有一種技巧是「移椅」，即用腳鈎着椅子慢慢移。在〈驛館重逢〉那一場，張天覺聽犯婦哭訴冤情，越聽越緊張，越來越發覺不妥，對方可能是自己女兒，當一見到對方真的是自己女兒，那時的移椅動作在戲曲技巧上是對的。可惜現在的椅一是太重，二是設

張翠鸞（南鳳飾）被解差（梁煒康飾）押至臨江驛，意外地與身為廉訪使的父親張天覺（鬚生）重逢。

計上根本不能讓腳插得進去，鈎不到椅腳，這是現在的道具阻礙戲曲表演的例證。

《關大王及盼與望》

《關大王及盼與望》是我巧立名目、譁眾取寵的戲名，其實關大王是指關漢卿。關漢卿有幾齣很有名的戲，就是《趙盼兒風月救風塵》、《望江亭中秋切鱠旦》及《關大王獨赴單刀會》。三齣戲都表達了關漢卿的情懷，三齣戲都在鬥爭中，三齣戲都是以弱勝強，這個中心思想在關漢卿很多劇作中都能看到。

《趙盼兒風月救風塵》是講風月場中的事。宋引章被人欺負，被人刻薄，墮進深淵，嫁了一個花花公子周舍，終日打打罵罵。趙盼兒設計，不獨救了她，還要儆惡懲奸。這是關漢卿筆下描寫如何鬥爭，如何以弱勝強。這齣戲我寫得不是很滿意，他日我會再修改，雖云不滿意，畢竟也能將故事表露出來。

《望江亭中秋切鱠旦》我演過無數次，也有單挑出來做折子。我很喜歡《望江亭》，將譚記兒的不屈、勇敢、機智，表露無遺。這齣戲其實是罵官場二代，藉着上一代的關係，無惡不作，最後因為迷戀美色，被譚記兒有機可乘，偷了令牌文書。這齣戲是一個諷刺故事，官場二代對民間毫無認識，只懂沉迷酒色，吃喝玩樂，喜愛誰人就要娶到手，不理是否官家妻妾。白士中同樣是官，也給他想辦法去參了一本，拿個令牌去抄家，可以想像當時的社會充滿冤屈。關漢卿就大膽寫了出來，說在譚記兒的機智之下，戰勝了楊衙內。《關大王》更不用說，是以弱勝強。

逑姐演的譚記兒真是演得出神入化。譚記兒對夫婿白士中為何拿着封信遲遲不返回後堂，充滿疑惑。究竟那封信是誰人所寄？是否外面還有個女人？其後知道那封信不是家書，而是有個世叔伯寄給白士中，叫他快些準備後着，因為楊衙內已經拿了手令來抄家，快將來到。譚記兒覺得沒有足夠時間去請救兵，

譚記兒（陳好逑飾）向楊衙內（丑）灌迷湯

沒有足夠時間去向朝廷保奏，於是她巧扮漁家女，連夜去官船智取楊衙內的手令文書。逑姐把譚記兒的機智、勇敢演得恰到好處；還有逑姐不是扮漁家女去勾引楊衙內，而是扮漁家女去引誘楊衙內來勾引她，這個是很難演的。既要表現出自己是一個很守本份的女子，但一講到丈夫，就叫人休提起，那種感覺就是並非她去勾引楊衙內，而是令楊衙內以為有機可乘。逑姐真是演得很絕，多一分就多，少一分就少，恰到好處。這齣戲也是她很成功的一個作品。

最初這齣戲還有一個角色叫李稍，我們起初叫他做張稍，後來我跟回關漢卿叫李稍。李稍是楊衙內的跟班，這個角色最初由四哥（王四郎先生）飾演。他的演出很獨到，突顯出這個人物怎樣替楊衙內四處去拈花惹草，怎樣去拍馬屁，怎樣去服侍楊衙內，幫他做一些傷天害理的事，人物性格拿捏得很準確。四哥的演出令觀眾覺得，李稍本身與楊衙內是同路人，所以才去幫楊衙內辦事。他對整齣戲的處理很好，不是楊衙內與譚記兒二人演出就可以，他在中間的穿插是很重要的。而且有一段戲，初時逑姐擔心不夠時間改裝，要求這段戲拖長一點，我就想不到如何加長，但四哥說可以，於是我就寫了一段有韻的口白給他講。本來這段口白很短，但四哥講得很長，將它拆開來慢慢講，有聲有色，做得非常好。

很可惜這樣好的演員，已經離開我們，真值得懷念。

講到《關大王獨赴單刀會》，我覺得羅家英先生的關公演得很好，我演的是魯肅。這齣戲很明顯是以弱勝強，單刀會魯肅，東吳在周圍佈滿人馬，結果關公據理力爭：不是我大哥背信忘義，而是孫權的父親孫堅在去誅殺董卓時半途走了，他才是背信忘義之人。這是關漢卿的安排，我照着他的原意寫進劇本。這齣戲原本的曲非常好，我很多時候都盡量按照關漢卿的原意安排，我是很滿意的。可以一提的是，關公與魯肅的身段對比，這要看兩個演員的功力，雖然有排練，但亦有臨場的即時感覺。魯肅與關公如何對峙，這是兩個演員的接觸，也是戲曲上的接觸，需要迸發出火花。

魯肅（鬚生）面對關羽的神威，無招架之力。

【第四章】恩師戲寶永流傳

我應該是粵劇師徒制度下最後一個正式叩頭拜師、住在師傅家裏、服侍師傅的徒弟，我很幸運能拜在麥炳榮先生門下。現在雖然仍聽到有人叩頭拜師的消息，但其實昔日的師徒制不是叩頭、拜師、公開承認就算數。最早期的師徒制要簽一定年期的師約，叩頭拜師之後，徒弟隨師傅返家，要服侍師傅，不論開班學藝，全部由師傅拿主意，徒弟一毛錢都不用出，連剪髮錢都是師傅付的，一直到正式做戲，有薪酬收入為止。昔日的師約大多是簽七年，由第一份人工起計，往後七年的人工是歸師傅，徒弟一毛錢都沒得收。

到了我拜師的年代，師父說已經沒有了這些條款。我師父說不用簽師約，因為我已經入了行，如果現在要與我簽七年師約，豈不是佔我便宜？所以雙方都免了。他不用供給我任何東西，包括戲服，我亦不用給他任何金錢，純粹學藝，他的思想很開通。

叩頭拜師那天早上，先到師父家裏拜祖先，敬告祖先我是他麥家的徒弟。然後上八和會館，由師父請了他的前輩、兄弟輩的友人，我按輩份逐一向前輩叩頭奉茶，晚間在金漢酒樓舉行拜師宴，儀式很隆重。還有一份師訓，訓勉要「飲水思源」、「尊師重道」、「不可忘本」，雖是官樣文章，是否遵從，還得要看徒弟；教得是否嚴格，就得看師傅。

拜師後，真的是在他家中居住和服侍他，跟着他做戲。師父曾對我說：「你拜師要跟

恩師麥炳榮戲裝

姊姊阮硯青、兄長阮兆開、母親趙玉筠、父親阮其湘（季湖）、師父麥炳榮、師母陳秀雲、我及師父女兒麥錦青攝於拜師宴上。

我一起住，要守行規，我每出場，你都要在虎度門看，我兩邊都不見你，回來便打你。跟着我，不准爭地位，不准論人工，總之學好嘢等運行！」其實他要我站在虎度門看他演戲是非常有益的，因為戲裏發生的事，平時他也未必會想起，看戲期間，不明就問，不明就學，不懂就練，這個想法我初時當然不明白，現在則發覺受益無窮。看得多了，很多事已不需再去學，自然會跟着做。例如公堂戲，那個官一叫吩咐開堂後進了場，大差一定叫：「開堂伺候！」不用教，因為每次都一樣，所以他講得有道理，這些程式或排場，基本就不用找人教，日日看，看到入腦為止。

由低做起亦是對的，我跟着師父不是做手下，是做「生」。我在班裏的位置是拉扯頭、腳色尾，總之不管有多少個「生」，我總是最尾的一個，所以人人問我做哪個位，我就説是「拉扯頭腳色尾」【一】，甚麼都要做，不管是站邊的角色、沖頭報上的「旗鑼傘報」【二】，令我藝術上的收穫非常豐富。當時我大約十六歲，又瘦又矮，也要做花臉，慢慢形成很多東西，我也曾涉獵。

在拜師之前，我已經和師父同台演出《香羅塚》。其實我在片場也見過他，但他未必知道我是誰，到後來同台演《香羅塚》都是機緣巧合。《香羅塚》是我師父一齣很值得學習的戲，亦是很值得紀念的戲，他的陸世科演得一絕。陸世科是一介書生，雖然師父給人的感覺不是文質彬彬，但演時很有讀書人戇直的感覺。大家以為他擅長做武戲，做文戲未必很好，其實完全是錯覺，特別是〈大審〉那一場，演得一絕。數古老的大審戲，當然以白三叔（白玉堂先生）為最佳，我師父可說是潮流的公堂戲的表表者，當時真的是無出其右，令我留下很深刻的印象。當我想到要拜一位嚴師為徒，就想到了我師父，更難得是他肯收我做徒弟，真是天賜的緣份。

我跟了師父之後，除了學藝，就是學規矩。雖然我已經入了行，但最初師父都怕我不懂規矩，他教班中規矩，連哪隻腳先踏上台都教，跟着教練功。我師父很開通，他問我跟誰練北派？我說：「袁師傅袁小田。」他說：「花和尚呀【三】！跟返佢。」又問我跟誰學唱？我說：「榮叔劉兆榮、滔叔黃滔、鎏叔林兆鎏。」他說：「照跟！」完全沒有阻止我跟原來的師傅學藝。他很大方，覺得我幾位師傅也很正道。他教我練圓台、七星、大架，執手教韋馱架，教南派手橋。我在師父家居住的時候，練南派手橋是直接去打騎樓門的門框，當是木人樁。當我演出時，師父會站在虎度門看我，有錯便罵，罵完就教我，這是師傅對徒弟的照顧，是用眼去看我有沒有進步。如果發現我行錯了路，就會罵，馬上糾正。他教的是做戲的「方式」，不是執着手教我逐下做。

拜師後，順理成章加入了「大龍鳳劇團」。「大龍鳳」這個班牌其實已用了幾十年，很多人組班也曾叫過「大龍鳳」。我師父擔綱的「大龍鳳」，盡量將一些古老排場加入新戲，例如《金釵引鳳凰》有一場〈打店〉，由聲哥（林家聲先生）擔演，〈大審〉由我師父演；《百戰榮歸迎彩鳳》有〈華容道〉、〈蘆花蕩〉、半個〈撐渡〉，他們盡量保留這些寶貴的傳統。

我加入「大龍鳳」的時候，就是做《十年一覺揚州夢》、《鳳閣恩仇未了情》、《刁蠻元帥莽將軍》等戲。做到《不斬樓蘭誓不還》那一屆，我除了《六國大封相》外，提場整晚都沒有派戲給我演，當時覺得是一件很丟臉的事。班中有人看在眼裏，勸我離開「大龍鳳」，出去闖一闖。於是回去向師父請示，最終得他首肯，也千多萬謝他支持我去闖世界。後來才知道，當日不派角色給我演的那位提場，原來只是嫌我矮小。

離開「大龍鳳」之後，有一段時間沒有和師父演戲。直到有一年，他接了元朗十年一屆神功戲，叫我回去做第三個生，擔日戲。後來他與卿姐（羅艷卿女士）組成「金龍劇團」，在新光戲院演出，劉金龍女士做班主，由我做小生。還有一次與師父演出是一九八四年正月在百麗殿演出，我做小生，劇團是「寶人和劇團」，馬國超做班主。做完那屆班後，他再多做一台三月廿三神功戲，就去了美國，再沒有回來。那次正月初一「寶人和劇團」就是我和他做最後的一屆班。

在整個「大龍鳳」歷史裏，其實換過多次劇團名稱，但很多人一直都當是「大龍鳳」，直到最後的「寶人和」都當是「大龍鳳」，麥炳榮就是「大龍鳳」。這個趨勢有人叫做「大龍鳳時代」，其實真是一個時代，「大龍鳳」的戲寶到現在仍有很多人樂意演出。

《十年一覺揚州夢》

《十年一覺揚州夢》是我師父傳世名劇之一，他非常用心去演。頭場他扮盲人，有些人說他晚年扮盲時拿了一枝竹出台演出，但我沒有見過。初演的時候，他整場戲都反了眼來演，即是見白多見黑少。因為對着台上太多燈光，會令人暈眩，當他背着觀眾的時候，就會合起眼來休息一下，我刻意繼承了他這個演法。師父對我說：「扮盲最似係邊個？」最似的就是靚少鳳前輩。這位前輩我稱他做三舅父，也曾跟他學過〈打洞結拜〉。原來扮盲最神似是他，這個我不知道，他做戲時我沒有看過；我跟他學戲的時候，他已經收山了，只是教我做戲。我師父告訴我他是學靚少鳳的，他從來都是開誠佈公，不會當是自己創作。

師父扮盲的動作非常像真，劇中最難演就是一場是真盲，一場是扮盲。這齣戲還有一場假「碎鑾輿」，師父演的公堂戲，當中口白最重要，精準有力而不過火，要得其箇中三昧並不容易。

當年演出《十年一覺揚州夢》的時候，我已經加入了「大龍鳳」，我是演那個給人搶劫的事主，在公堂上只有一句口古，一段白欖。後來這齣戲的幾個生角如二式的柳玉虎及小生的宋文華，我都演過。其中小生與二式有一場〈撐渡〉排場。將排場融入劇中，亦是「大龍鳳」的一大特色。

得自師父真傳的角色，雙目失明的柳玉龍（小武），雙眼反白，盲人感覺活現舞台。

柳玉龍（小武）復明後，雙目炯炯有神。

《琵琶山上英雄血》

《琵琶山上英雄血》是我師父另一齣成名作，現在很少人曾經看過他演出。他們對着劇本就揑造另一個關文虎出來，簡直演成一個沒有人性的禽獸。我師父演的時候，很有血有肉，雖然行為上有些蠻不講理，但內裏處處顯示着為甚麼他會變成這樣蠻不講理。文武生關文虎好像很「狼戾」（音啷嚟），不近人情，又打老竇，又殺阿嫂，為甚麼會變成這樣？其實劇本一直有伏線。父母鍾愛弟弟，關文虎要靠自己的努力，打造自己的地位，他一直潛藏着這種意識，引爆了他的怒火。文武生不是野人生番，一出場就不由分說的發火，同樣的唱詞，同樣的劇情，我師父有他獨到的地方，現在也沒有了。例如「戰敗」那場，他有演出〈鐵公雞〉，兩邊撲火，有身段表演。另

關文虎（小武）怒火中燒，失官位復失愛侶。

關文舉（小生）與兄關文虎（林錦堂飾）在琵琶山上生死決鬥，少見的水戰場面重現舞台上。

外如〈殺嫂〉及〈毀靈牌〉那幾場戲，他演得很有寸度，並不是一出場每句說話都火爆。最初他與娘親對話的時候，語調很收斂。尾場他與謙叔（盧海天先生）從着大靠開始打，戰至挑盔卸甲，最後兩個改穿短打，由兩邊高台像泰山一樣，拿着繩盪過去，由一邊高台盪向另一邊高台，這一連串動作其實十分危險。之後二人打到水裏，佈景底下就放了兩桶真水，打到全台都濕了。

雖然我因為我手力不夠，沒有做過盪繩的動作，但有一次我與林錦堂先生在新光戲院演出《琵琶山上英雄血》時，他說：「做番你師父的程式好嗎？」我說：「好呀！陪你！」兩個分別穿開胸衣衫，這個是我師父穿戴的模式。我們也有打水戰，是用真水的。希望大家知道，這齣戲我師父的演繹方法，並不是那麼像癲佬。

我除了演師父的角色，即是文武生關文虎外，也做過其他角色，如小生的關文舉及丑生的關夫人。演繹方面，弟郎關文舉的角色其實不難演，如給兄長執心口的介口，記着便成。尾場有一場打戲，就要看打多或打少，不知甚麼原因，現在越打越少。演母親關夫人比較難做，既愛錫兒子，又惱恨他怎會變成這樣野蠻，很多介口都要靠做母親的關夫人交代，關文虎才可以做反應，尤其是「毀靈牌」的時候，如果她沒有那個戲份，文武生就交不出戲來，但如果做得太過份，對兒子的壓迫又會太大，不像媽媽與兒子傾談，六姑（譚蘭卿女士）拿捏得非常精準。我也見過波叔（梁醒波先生）的演出，安叔（半日安先生）也演過，名丑即是名丑，各有精闢之處。

以老旦姿態演出關夫人

《黃飛虎反五關》

初期演《黃飛虎反五關》最有名的當然是白三叔（白玉堂先生），我亦曾叨陪末席，陪他演過，但忘了我是做甚麼角色。白三叔的演出精彩絕倫，我師父也繼承了白三叔的演出法，但比白三叔還要火，卻沒有了白三叔的收斂，兩位的演出各有特點。

白三叔為這齣戲置了一件銅片靠，雖然是小靠，但全用銅片製造，份量很重。我記憶所及，他做了一件金色，一件銀色，據説其中一件捐了給博物館，另外一件傳給了徒孫何志成。後來大家因為沒有購置銅片靠，於是改穿大靠，加上背旗，我演的時候都是穿大靠。

在〈迫反〉那一場，我的演繹取材自兩位，希望能有兼收並蓄的效果。其他場口如〈進宮賀歲〉及〈魂歸〉，兩位的演出甚有王侯的風範，絲毫沒有兒女態。我意想不到我師父繼承白三叔這齣戲，不單在演出上有延續，還有另外的發揮。他十分佩服白三叔，自己承認依循了白三叔的路子演繹，但他卻散發出另一種舞台魅力。

我除了演黃飛虎一角外，也曾在另一版本演過黃飛虎的父親黃滾、部將周己及黃明，大致上都是陪襯的角色，令黃飛虎在戲中更為突出。在〈迫反〉那場，四位部將雖是配角，但他們叫囂聲越激烈，黃飛虎就越有發揮的機會；如果那幾位部將靜默無聲，黃飛虎就無

黃飛虎（小武）被部將周己（廖國森飾）嘲諷他妻喪妹亡，有何顏面立足朝堂，一雙兒子（張潔霞及盧麗斯飾）亦在旁痛哭，齊齊迫黃飛虎反出五關。

黃飛虎（小武）反出五關，棍上紮架。

戲可演了。演員做戲要知道自己的份內責任，如何配合正主，令這齣戲產生應有的效果。如若不然，正主在等幫角的介口，幫角鬆散，這場戲就糟了。

《癡鳳狂龍》

《癡鳳狂龍》開山的時候，只是半晚戲，是在雙班制的時候產生的劇目，一晚演兩班戲，如演濃縮版。師父告訴我，《癡鳳狂龍》那場拜堂時吹滅蠟燭的戲，是仿照薛五叔（薛覺先先生）的《冤枉相思》的做法，一邊唱着二黃滾花，一邊連做手，最後將蠟燭吹滅。現在劇場全都不准燃點明火，蠟燭無火怎去吹呢？整場戲的氣氛因而沒有了。當然安全重要，卻損失了劇場應有的效果。

《癡鳳狂龍》尾場的主題曲，也套用了薛五叔《歸來燕》的主題曲。現在很多人都沒有聽過《歸來燕》，雖然同是二黃慢板，但它與一般的二黃慢板唱法不同，很多頓本來唱到中叮，都延續唱到尾叮，如果不明這個唱法，這首曲唱起來就不是那個味道了。某首曲的格式，並不一定只有該曲才可以用，你可以將某種格式套用在另一首曲上。我也曾於《牡丹亭驚夢》的〈拷元〉那場，套用《斷腸碑》的唱腔；凡叔（何非凡先生）也曾將《斷腸碑》

郭文龍（小武）誤以為與賈如鳳兄妹亂倫，喜堂上悲慟不已。

王爺趙承基（小生）肩承護花之責，照顧賈如鳳（尹飛燕飾）及賈善仁（尤聲普飾）。

的唱腔套用到《白兔會》的〈寫休書〉唱段中。但我演〈寫休書〉時，沒有唱《斷腸碑》，因為我覺得那場戲比較硬朗，不想腔調太軟。因為劉知遠是一個比較硬朗的人，日後是皇帝，唱《斷腸碑》我覺得太懦弱了。大家可以涉獵不同門派的唱法，多聽多看多研習，到了演繹時，就可以靈活運用，這是我七十年經驗之談。

《蓋世雙雄霸楚城》

在《蓋世雙雄霸楚城》一劇中，我師父演的夏雲龍與一叔（陳錦棠先生）演的賀飛虎都是威猛的將軍，但我師父不與一叔穿同一種服飾，一叔穿小靠，他穿蟒袍，一動一靜，旗鼓相當。以一叔的演繹法，他穿起小靠，加上耍翎子的動作，煞是威風，我師父必須以另類演繹法與一叔這位強勁的對手抗衡，於是他改弦易轍，改穿蟒袍，拿令旗，以穩重為主。

我師父親口對我講：「邊度夠佢跳呀！」一叔又車身，又拉雞尾，所以一叔穿靠仔，我師父就着蟒袍，端坐着手持令旗，坐在中央。如果不是我師父夠威夠份量，口白夠勁，雙眼有神，就會輸給一叔，我師父是採取你動我不動的演法。

賀飛虎（小武）怒闖營房，口咬雙翎子。

賀飛虎（小武）為救老父，直闖營房。一手攏雙翎子乃是前輩武狀元陳錦棠先生的招牌動作，我輩只有梁漢威和我偶爾有此架式。

夏雲龍（小武）身穿蟒袍，手持大令，坐鎮營房。

毛德林（丑）權充魯仲連，勸夏雲龍（李秋元飾）與賀飛虎（杜詠心飾）兩郎舅不要利刃相向。

《鳳閣恩仇未了情》

《鳳閣恩仇未了情》是我師父最出名的名劇，其實他演這齣戲最舒服，還從沒有戲當中演出了戲味，特別是尾場〈大審〉，小生尚存孝講了一句：「條條皆死罪，王爺寶劍不饒人。」我師父在重一槌鑼鼓裏，做了一個大反應，有一下踢蟒執蟒的動作，然後再在慢五槌當中，望向每一個人，再望一望自己，嘆一聲，唱滾花，他的感情醞釀了很久，「未了餘情難再續」的感覺，在這一刻爆發出來。接下來他才唱《胡地蠻歌》，否則他怎會無端端在給人奚落中，被人責罵他是番邦人，條條皆死罪的時候，唱起《胡地蠻歌》？就是因為這個重一槌，將整個回憶帶回來。跟着慢五槌，他想起了從前種種，開口唱歌，這個是很多人都不知道的，他把這個感覺帶入戲，重拾頭場唱《胡地蠻歌》時的感覺。如果那介口做得不足夠，他整晚就等於白做，其他場口都是手板眼見功夫，誰都演得到。《鳳閣恩仇未了情》做到今時今日，幾乎全行文武生都做過，但我師父則將重點放在尾場〈大審〉，就不知有多少人知道了。

耶律君雄（小武）手持王爺大令開堂審訊，尚存孝（何偉凌飾）怕洞房產子秘密揭穿，連累慈親（陳鴻進飾）受刑。

耶律君雄（小武）被揭發是番邦將領，狄親王（吳立熙飾）下令革職查問。我在重一槌鑼鼓裏，有一下踢蟒執蟒的動作，以示對王爺的命令有很大的反應。

我師父那一輩人看劇本不像現在人那樣，他們由頭看到尾之後，還會思量怎樣處理這個角色。這個角色的身份應該怎樣穿戴？哪場戲是重點？哪個介口是重點？看他們演戲，不是學他們拉山紮架，是學怎樣處理這齣戲，這才是最重要的。

《鳳閣恩仇未了情》一劇我除了未演過頭場那個黃河節度使劉汝南之外，劇中的生角差不多我都演過，近年連尚夏氏都做了。這麼多角色裏，尚存孝是比較難演繹的，那時是芬叔（黃千歲先生）開山，那幾句與文武生針鋒相對的說話，哪一場哪一句需要火爆，他拿捏得非常準確。在甚麼時候該把計時炸彈引爆，是上一輩老倌精闢所在。現在我們見很多同行

尚存孝（小生）高中狀元，衣錦榮歸。

做戲，演得很平，個個介口都差不多，那齣戲就會變得很平淡，不好看，戲一定要有起伏，正如我師父說：「無平地就不見高山，無高山就不見平地。」如果明白這個道理，日後處理就比較容易。

演倪思安很多人都偏重搞笑，其實搞笑越少越好，因為劇本的笑料已經足夠。演丑角不用縮頭縮頸，怪腔怪調，去取悅觀眾。

《鳳閣恩仇未了情》最大的成功之處，就是令人笑足幾十年，實在不容易。悲劇令觀眾哭幾十年的很多，喜劇令人笑幾十年的並不多，因為觀眾知道笑料後就不再笑。但這齣戲你縱然知道笑料也會

倪思安（丑）教尚夏氏（黎耀威飾）認孫作子，還要承認產下孖胎。

笑，還要笑幾十年，相當不易。

《鳳閣恩仇未了情》是大會堂開幕時的演出，當時「大龍鳳劇團」已經由中型班變成了巨型班。大會堂開幕演出，班主為了隆重其事，還要加聘其他演員，加入了波叔（梁醒波先生）和四叔（靚次伯先生）。這兩位加入後，六姑（譚蘭卿女士）的戲份仍然很重，原本的武生權叔（少新權先生）就變了沒甚麼戲做，於是頭場那兩個海賊海鯨、海蛟，就由權叔和我去演。我是跟着權叔，人云亦云那個，沒有甚麼可做，只有頭場的戲份。

尚夏氏（女丑）被眾人當成倪秀鈿的紅鸞郡主（尹飛燕飾），氣得七竅生煙。

徐子郎先生【四】撰寫的主題曲《胡地蠻歌》，加上朱毅剛先生創作的樂譜，風行至今，歷久不衰。昔日劇中的主題曲經常在整齣戲的後半段，《鳳閣恩仇未了情》的生旦碰頭場次不多，主要集中在頭場。徐子郎於是安排我師父與女姐（鳳凰女女士）這對擅做而不擅唱的生旦在頭場唱主題曲《胡地蠻歌》，當時是一個很大的突破。徐子郎先生是天才，可惜天妒英才，顏回短命！

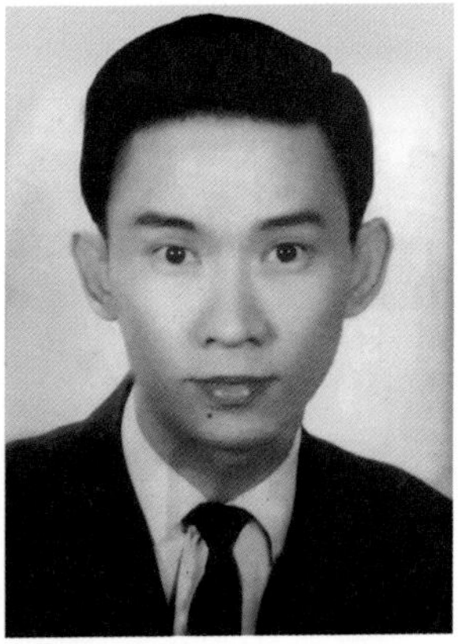
編劇徐子郎先生

《雙龍丹鳳霸皇都》

在《雙龍丹鳳霸皇都》演出之時，我尚未加入「大龍鳳」，這是「大龍鳳」第一次在皇都戲院的演出。記得有一天，班主保叔（何少保先生）和我師父在陸羽飲茶，我不記得為甚麼我也在場，但我們不是坐同一張桌子。保叔談到想演《雙龍丹鳳霸皇都》，便向我師父說：「阿牛，呢一屆加埋老一（陳錦棠先生）一齊玩，好嗎？」我師父想也不想，二話不說：「好呀！」跟着保叔說：「咁，你哋邊個行頭名？」我師父也不加思索便答：「梗

趙金龍（小武）喬裝公子哥兒，隱藏趙國儲君身份，混跡齊邦。

係佢啦！」於是《雙龍丹鳳霸皇都》便由一叔掛頭牌。我當時聽得好清楚，但那時沒意識有何不妥，聽後也沒有甚麼感覺。經過若干年，我再想：「大龍鳳」是我師父自己一手一腳打來的江山，由中型班捱到變大型班，加了個文武生，凌駕自己之上，相信很多人都接受不到，這就顯出我師父的胸襟量度。

後來有兩屆班演《花落江南廿四橋》及《蠻女賣相思》，幾乎是「大龍鳳」原班人，卻沒有我師父的份兒，但他一點表示都沒有。若干時日後，他又再受聘於「大龍鳳」，對有兩屆班沒有聘用他，絕無半點介懷。他的胸襟氣度，可以作為後學楷模。

師父在《雙龍丹鳳霸皇都》的戲份比一叔少，他做玉龍，頭場先飾北齊王，後飾玉龍，不算很多戲。他永遠都不會去蓋過對手，不過對手又蓋不過他，他只做他應該做的戲。兩位名演員碰頭，不是對決，而是各施各法，令這齣戲更添光彩。現在睇曲，考慮如何去演繹劇本，其實還要看對手是誰，怎樣做才對，不是贏輸較量，而是怎樣做才會好看。所以當日《雙龍丹鳳霸皇都》叫好又叫座，就是因為他二人對撼，是真真正正擦出了火花。

容玉龍（小武）搖身一變被封為乾殿下

流氓婆姚彩霞（彩旦）靠占卦算命養大鳳憐

遺珠有價

有人說我師父不懂做文戲，但其實他曾演多齣文戲，如《香羅塚》、《飛上枝頭變鳳凰》。如果他的文戲演得不好，薛五叔（薛覺先先生）會否讓我師父與他的太太唐雪卿做一場《花染狀元紅》的〈對對聯〉？後來師父給人的形象是個小武，演些比較牛精的戲，幾乎被定了形象。就如任姐（任劍輝女士）其實是學小武的，後來人人以為她只做小生戲，她一怒之下，就唱了一首《高平關取級》。

我師父有很多戲寶其實很有特色，如《刁蠻元帥莽將軍》、《百戰榮歸迎彩鳳》、《蓋世雙雄霸楚城》、《梟雄虎將美人威》、《燕歸人未歸》、《不斬樓蘭誓不還》等，不單有他個人的特色，而且有獨到的地方。

「大龍鳳」的戲寶擅於運用傳統排場，如《梟雄虎將美人威》有〈斬二王〉排場，《桃花湖畔鳳求凰》有女版〈蘆花蕩〉排場。

在《不斬樓蘭誓不還》中，師父的表現不算太多，但〈攻城〉一場卻甚有特色。他在城樓像大翻般下來，用吊毛方式，背脊落下，下面有五軍虎接着，要非常準確。雖然我不太喜歡這齣戲，但也曾演過一次，就是因為要仿照他在城樓走一個吊毛下來。

《百戰榮歸迎彩鳳》有一場〈擊鼓催妝〉，意念來自馬大叔（馬師曾先生）的《擊鼓催花》。下半場有模仿《華容道》排場，林家聲演的韓無敵與劉月峰演的趙無畏戰敗而逃，二人戰衣水髮，表演了一點〈鐵公雞〉排場。

《梟雄虎將美人威》中也有〈斬二王〉排場。將一些排場放入戲裏，目的在於延續一條血脈，令後學最少也聽過那個排場的名稱。雖然當時只是做些排場令整齣戲更好看，沒有說將這些排場保留下來，但心底裏其實有這種想法，所以「大龍鳳」是一個值得我們懷念的

《百戰榮歸迎彩鳳》

蔡國大元帥蓋世英（小武）為迎接傲慢的宋宮主回府，竟然擊鼓催妝。

韓無敵（小武）誤中美人之計，鎩羽而歸。

蓋娥媚（女丑）將姪兒蓋世英撫養成人，驚聞他被招為駙馬。

《刁蠻元帥莽將軍》

喜堂上，仇母（梁煒康飾）發現有人新房產子，仇尚義（小武）一臉錯愕。

仇母（女丑）為人勢利，手持鵝毛扇嘆水煙。

金刀大元帥柳嘯天（小武）

組織。

我師父後來做文武生，而且檔次越來越高，但他仍然有做小生。他原本是「麗聲劇團」的小生，後來「新麗聲」請他回去做小生，祥叔（新馬師曾先生）做文武生。當時我師父已經紅到發紫，但仍然答應回去做小生，還帶我一同回去做二式，二話不說，這是他的量度。他認為自己雖然升任文武生，但如果有人請他做小生，他都可以照做。他是有他的一套，後來我都按着他這個宗旨行事。班主請我做任何行當，只要我覺得做得來，我也會去做。

註解

【一】沒有位置的叫「生」，有位置的叫「角」。

【二】傳統戲曲角色的名稱，劇中扛旗、敲鑼、打傘、報信的四種角色的合稱，屬於龍套演員一類。

【三】麥炳榮暱稱袁小田做花和尚。

【四】徐子郎（一九三六—一九六五）於一九六零至一九六四年為「大龍鳳劇團」編寫的作品包括《飛上枝頭變鳳凰》、《十年一覺揚州夢》、《鳳閣恩仇未了情》、《不斬樓蘭誓不還》、《刁蠻元帥莽將軍》、《彩鳳榮華雙拜相》等。

【第五章】血汗氍毹此一生

甲、傳統例戲

何謂傳統例戲？昔日的戲班在特定的節慶、場合、誕期，定必搬演一些例戲，作為正場演出前的開場戲，這些劇目統稱為例戲。例如，頭一晚夜戲演《碧天賀壽》及《六國大封相》、日戲演《八仙賀壽》、《加官》及《仙姬送子》。頭一天日戲演的《玉皇登殿》及祖師誕演的《香花山大賀壽》也屬例戲。

例戲保留了不少傳統粵劇表演程式，如《六國大封相》的推車坐車功架；《香花山大賀壽》中的觀音十八變；《天姬大送子》的穿三角、反宮裝等，均可見於傳統例戲，而又可以套用於一般演出上。學習例戲，就是對身段步法作出訓練，也可成為演員的本錢。

時移世易，除了從神功戲演出中仍可一窺數折例戲外，一般戲院演出已甚少有例戲。重構、整理、錄影、保存例戲都是有意義的工作，我不寄望它們可以流行，但至少能夠作為教材，讓後人有跡可尋。例戲的特色，自然是粵劇需要保存的瑰寶之一。

八仙賀壽

《賀壽》

以前開班，頭一晚一定演出《碧天賀壽》和《六國大封相》。《賀壽》是八仙賀壽的故事，但不是穿八仙的戲服，不用扮鐵拐李、漢鍾離、何仙姑，那個《賀壽》稱為《碧天賀壽》。「碧天」其實是從第一段牌子曲的第一句「碧天一朵瑞雲飄」而來，人人也拿了來叫《碧天賀壽》。另一個《賀壽》是在日戲做的，名為《八仙賀壽》，不需那麼多段牌子，是粵劇的吉祥例戲之一，稱為《賀壽》，是因為人人都想長壽。

《加官》

日場在演完《八仙賀壽》之後便跳《加官》，即由武生戴着面具手持牙簡，展示一輪身段做功，最後向四方送上祝福條幅，主要作用也是在演日戲之前做暖台準備。《加官》分為男女版本，在香港常演的是《男加官》，香港戲班很少演《女加官》，《女加官》一般多在星馬一帶演出。《加官》不設唱詞，屬於只有數分鐘的默劇演出。

加官

《六國大封相》

《六國大封相》表示飛黃騰達，封侯拜相。其實《六國大封相》的原意是告訴來看戲的觀眾及主會，這班有足夠演員，因為演《封相》時任何一個演員都要出場。如果這班有百多人，那全班百多人也要出場，當然現在沒有百多人的班，但以前必須出齊，個個有份。《六國大封相》中各個行當都有表演，雖然不很長，但有唱有做，武生坐車，丑生演六國王；花旦有花旦的表演，文武生及小生也各有他們的表演，不單全台演員盡出，還要告訴觀眾及主會，這個班的演員個個都是有料的。

六國王（丑）

六國元帥（小武）

公孫衍（黎耀威飾）帶旨前來封蘇秦（正生）為六國丞相

羅傘（花旦）

黃門官公孫衍（武生）坐車功架（王超群推車）

《天姬送子》

日戲也會上演《天姬送子》，是小生及花旦的戲，很多人也覺得是吉祥戲。有些人想生仔就恨抱仔，特別是男權社會中，男丁很重要，所以稱為《送子》，寓意送個兒子給你。其實《送子》是個悲劇，試想董永百日緣後，天姬返回天庭，產下麟兒，然後送回兒子給董永，就再返天庭，夫妻母子不能再相見，這還不算是悲劇？但現在人人都覺得它是喜劇，所以演出時我也覺得尷尬，是悲還是喜呢？見到仙姬時當然是喜，但送子後就從此分離，感情難於處理。若是苦口苦面，但來看神功戲的人覺得此戲應該是歡樂的，何解演員會苦口苦面？《天姬送子》其實是不歡樂的，所以要拿捏得準確才可。

董永（小生）與抱仔（梅雪詩飾）

董永（小生）與仙姬（任冰兒飾）

殺手裙（小武）護送董永（黎耀威飾）與仙姬（王潔清飾）相會

擔傘（丑）

《封台加官》

《封台加官》也是傳統例戲之一，做完整台神功戲後，會有一位演員出來跳《加官》，只是幾下動作，向四面拜一拜。演《封台加官》是要告訴所有鄉民，主會已付足戲金，多謝鄉民，戲班亦演足了戲，是交易完成的意思，所以《封台加官》是很有意義的。曾聽戲班前輩説，如果主會未如數支付戲金，就不會做《封台加官》，甚至説如果欠得太多，戲班會取走主會用以通知鄉民來分豬肉的鑼。戲班並會在鑼上寫明是某某鄉、地方或廟，掛在會館，日後他們再來買戲時拿錢贖回，否則不再賣戲給他們。這是很多前輩言之鑿鑿之詞，我相信也是真的。

封台加官

《五子奪魁》

《五子奪魁》這齣例戲，我沒有演過，亦沒有看過。有一次波叔（梁醒波先生）問我有沒有學過？懂不懂？我說連聽也沒聽過。這齣例戲據說是正印武生與五個五軍虎，即打武家做的。戲中五個五軍虎打扮成小孩，去搶武生手上拿着的盔頭上的一支「帥尾」，故叫做《五子奪魁》。那支帥尾狀如牛角，用毛做，在盔頭上伸出來，叫做帥尾，現在我們有時都會戴上。很可惜波叔說他也不記得了，但他說有一個人一定記得，他就是佳叔老爺佳（靚少佳先生），這位前輩當時在廣州。波叔說可寫信給他，舉薦我去廣州學，可惜我未及到廣州，佳叔就發病，後來便離世了，再無機會跟他學。我仍想知道有沒有人會懂這齣戲，在我印象中，也許馬來亞的寰哥（邵振寰先生）會記得，但可惜他亦已離世。

《香花山大賀壽》

《香花山大賀壽》其實不算例戲，因為它不是常在舞台上演出。所謂例戲是台台做，有例要做。昔日在戲院例必會做《六國大封相》，而如果過年在戲院演出，年初一及年初七的日戲也會演《大送子》，所以以前稱之為例戲。為何《香花山大賀壽》未必是例戲？

因為《香花山大賀壽》只是在師傅誕才演。我們有兩個師傅誕，農曆三月廿四日有一個田竇二師誕，農曆九月廿八日也有一個華光先師誕，在這兩個誕就會做《香花山大賀壽》。

往時如果戲班的演期剛好碰上師傅誕，日間就會做師傅誕，台期不變。以前落鄉演出，每天都有日戲，師傅誕就在日戲做；後來做了戲院，在我未出身前，每天都有日戲。後來改了逢星期二、四及星期日做，沒有日戲那天如果是師傅誕，就照做師傅誕。

我第一次參與師傅誕是在一九五四年。我當時只是去看戲，沒有份演出。師傅誕當天是芳姐（芳艷芬女士）的「新艷陽劇團」演《萬世流芳張玉喬》。那期班碰上是三月的師傅誕，是在普慶戲院演出的。當天大陣仗的程度令人震驚，在衣箱角的台口搭了一個神棚，安放了祖師的神位在內，衣箱角的台口有一道小樓梯，給台下的人上台去上香。我想當時應是閉門演出，我不知道有沒有賣票，但有觀眾來看戲，人山人海。台上由「新艷陽」原班老倌在演師傅誕，可能會有其他人加入，或有人自告奮勇，演其中一些角色。那次我看得很興奮，因為見到不論前輩或新人都輪流上去上炷香，拜完就走下台，但旁邊的舞台上正有演出，兩不相關，你有你做，我有我拜，令我對這個誕期的印象很深刻。不單是演出的感覺，完全是神誕的感覺，那是我第一次看師傅誕《香花山大賀壽》的演出。

達摩（小生）化身書生試探觀音

曹寶（丑）灑金錢（《粵劇曲藝》月刊提供）

桃心（娃娃生）

《香花山大賀壽》描述眾天神向觀音娘娘賀壽，台上滿天神佛，最後是大灑金錢，台上台下互動，全劇推至高潮。

凡於農曆三月廿四日田竇二師誕演出的《香花山大賀壽》，大灑金錢的是劉海，即「劉海灑金錢」，所唸曲文為「飄飄浪蕩灑金錢，逍遙自在劉海仙，有人認得俺這個，永祝長春不老年。」

凡於農曆九月廿八日華光先師寶誕演出的《香花山大賀壽》，大灑金錢的則是曹寶，即「曹寶灑金錢」。曹寶與劉海的扮相一模一樣，但所唸的則略有不同，曹寶所唸的是「飄飄浪蕩過，曹寶把錢灑，認得俺這個，永祝太平歌。」

韋馱架（小武）

朝天一炷香

降龍羅漢

伏虎羅漢

長眉羅漢

開心羅漢

童子拜觀音

《玉皇登殿》

《玉皇登殿》是正式例戲，每一台的第一場日戲都會做。如果今晚拉箱到戲院，通常第一天都不會有日戲，我們通常叫做九本戲，即是演四個日場，五個夜場，當然不包括天光戲，如果計算在內，就不止九本。在正常的情況下，第一場日戲就做《玉皇登殿》，正誕那天就做《大送子》，很少第一場日戲會碰上正誕。但後來這個情況有時也會出現，因為要遷就老倌的檔期或搭棚的日子而延期，例如三月廿三有些地區會做兩班，演期就會稍為改動，互相遷就，這樣的情況就會出現第一場日戲，即第二天演出碰上了正誕，但這情況很少見。

玉皇登殿

乙、古老排場

粵劇中有些古老排場，其實「古老」二字即是傳統，是講官話年代的戲，產生自哪個年代已不能考，總之講官話的戲，我們稱之為「古老戲」。

排場分為兩種，一種是程式，例如皇帝上殿的「敲鐘」及「排朝」，但這些排場很短，而且每套戲也可以用，我們可叫做排場，也可叫程式。另一種是一整齣戲，我們一般稱為某某排場，大概要有一齣戲做根據，如《金蓮戲叔》被人套用了某些程式，就叫做「戲叔」排場，或「武二歸家腔」，其實是一套有固定程式的表演，而《打洞結拜》亦如是。我們要劃分戲的排場，和程式的排場。

很多戲的排場被人分拆出來使用，有些比較短的就變成了程式，但整齣戲如《假戲叔》套用了《金蓮戲叔》的排場來用，那就變成戲的排場。如果只是套用排場戲中有關打的排場，就不算是戲的排場，而是一個程式的排場。

一般學古老戲通常也是學一場戲，如《金蓮戲叔》、《打洞結拜》、《高平關取級》亦只有一場。唯有《山東響馬》中有很多場，除了兩場唱段有曲詞外，其他全部也沒有固定，開頭的〈下山〉只有幾句曲，還可以調上調下。至於單于雲是何許人？如何遇劫？被世外高人救回山上學武功，練成一身好武藝，下山做響馬，劫富濟貧，這個橋段開首一直也沒有記載曲目，由此可以理解，古老戲的程式也是如此。〈困寺〉是最重要的戲，學會了這齣戲，可說是學會了這個排場。還有《斬二王》也算是整齣排場戲，當中有很多排場，如〈斬帶結拜〉、〈投軍〉、兩個〈起兵〉、〈禾花出穗（山寨王的起兵）〉、〈點降唇（正統天朝大將的起兵）〉、〈大戰〉、〈拗箭結拜〉、〈擘網巾〉、〈三奏〉、〈斬二王〉、〈關城門〉、〈困城〉等，所以《斬二王》是一齣最多排場的戲。整齣戲若由頭到尾剪出來用，就有很多排場，而且還是有名的排場。

有些排場很短，如〈斬帶〉，花旦吊頸，生出來一望，拔刀掛腳，上去斬了吊頸繩，將花旦救下，訴情由，說火燒田莊，與丈夫失散，走投無路尋死，張忠與她結拜，其實情節不算很多，但不可不懂。

我們常會說出一堆排場的名字，聽上去好像很嚇人，未聽過的，不知是甚麼東西。但做了出來，就會發覺只有這麼多，這麼短，其實不難，只是不懂而已。懂與不懂就是其中的分野，懂的自然知道其中有哪些排場，不懂的則聽見也怕，因為有些名稱連聽也未聽過。

我們作為前輩，其實不應故弄玄虛去恫嚇後輩，因為有些排場，知道了後可能不值一文。

我記得在香港八和會館成立四十週年的時候，他們想演古老戲，當時我頸部受了傷，說不能演武戲。我知道他們也有文戲演出，做〈點翰〉，即是考試點狀元，我說可去〈跳魁星〉，飾演魁星一角，即是上天派來點狀元、榜眼及探花。在考試院中，一眾舉子坐在其中寫文章，落更後在考試院中睡着了，魁星出來跳魁星架。其實是沒有架的，只有幾下動作，一搭兩搭打腳轉身，一舉手兩舉手，然後不同方向再做同一套動作，做完到中間紮魁星架，狀如魁星踢斗，再一手拿筆，一手拿杯或碗，點硃砂，最後點在狀元之上。

魁星架

我提出由我跳魁星架，貞叔（新金山貞先生）問我是否真的懂得跳，他怕我不懂，因為我沒有做過手下，但其實我有學過。他問我是誰人教的，我說是杞叔（香杞先生），於是貞叔就放心了，我還跳了一次給他看，他知道我是真的懂，才容許我跳。我跳魁星那天，兩旁很多人圍觀，看看甚麼是魁星架，當我跳完後，每個人都呆了一呆：就只有這麼多嗎？我說是這麼多，只不過是你們不懂，他們還以為很有看頭，當然不是，這個架是手下頭跳的，不是腳色跳，又怎會有甚麼表演呢？

有些情節叫排場，有些情節叫程式，雖然不必太計較，不過心裏都要懂。真正有戲的情節，我們會叫做排場，例如〈皇帝上殿〉，人人來做也是一樣，皇帝也是差不多同一個模式出場。排朝後，朝臣出來唱，但程式也有幾套，我學的有兩套，一套是敲鐘，一套是排朝。這些是一般常見的、甚麼戲也可以套用的程式，不是一齣戲的排場，不過稱為排場也無不可。

昔日老師教戲一定先教古老戲，為甚麼呢？因為一教古老戲，唱曲方面一定是梆子、二黃分家。古老曲很少有唱梆子的戲會中途轉唱二黃，分開一段段來唱的會有，但在同一段曲中，不會唱完梆子轉唱二黃，或唱完二黃轉唱梆子。所以一教古老戲，自自然然會分得很清楚，這段是梆子，那段是二黃，這齣是梆子戲，那齣是二黃戲。對新學的人，這是好事，梆子、二黃要分清楚，不可混淆。

以前的師傅還會說要學好幾套嫁妝戲。何謂嫁妝戲？意思是指沒有嫁妝便嫁不出，你不懂幾套古老戲，隨時被人考起。所以學曲一定要學《西廂待月》，不然花旦交了齣《紅娘》時，你就不會演；《平貴別窰》、《鳳儀亭》一定要懂，因為花旦會交《王寶釧》及《貂蟬》；《山東響馬》又要學，因為《山東響馬》二黃的四門很標準；《追賢》也要懂，因為其中的唱段是爽二黃，有特色；其他如《打洞結拜》、《金蓮戲叔》、《高平關取級》也一樣要懂。

現在的《別窰》已不是最古老的了。古老的《別窰》我曾在馬來西亞與香姐（蔡艷香女士）演過，有夫人及丫鬟出場。我曾經看過關德興先生演出，他在一次大集會時與大麗姐（余麗珍女士）演出古老的《別窰》，亦有夫人及丫鬟出場。我還記得飾演夫人的是陳天龍前輩，他好像彩旦出身，所以他會演那個夫人角色，現在我們見到的是新版本了。

學古老戲還有一個好處。舊時的師傅教戲的不教練功，教練功的不教戲，兩者是分開的。我們的前輩雖然不懂分析人物角色，但他會講故事給你聽，會告訴你武松只有一身蠻

《山東響馬》

單于雲

山東響馬單于雲（小武）身穿短打，腰纏板帶，打鞋腳搖，兩邊臉旁插鬢腳。

單于雲（小武）與廣東先生（尤聲普飾）

氣，不喜說話，有正氣，好打鬥，是這樣的一個人物。雖然不是很清楚地分析，但他會教你如何演才會像武松，初步為你指導，然後你自己再去探索，去讀書，去問人，再揣摩角色。我學《打洞結拜》和《金蓮戲叔》時也是由不同老師教，但他們都會講故事給我聽，教我做。但現在的老師教戲只教身段，教動作，其實這是練功師傅教的，不應由教戲的師傅來教，可能現在已混亂了。

《打洞結拜》
趙匡胤

趙京娘（陳好逑飾）向趙匡胤（小武）訴冤

《平貴別窰》
薛平貴

薛平貴（小武）向妻王寶釧（尹飛燕飾）道別，大演〈別窰〉排場。

《金蓮戲叔》
武松

武松（小武）被潘金蓮（陳好逑飾）諸般挑逗

鄺瑞龍（二花臉）與張忠（新劍郎飾）擘網巾，大打出手。

鄺瑞龍（二花臉）二龍山落草為寇，佔山為王，此角原為二花臉行當。

張忠（李龍飾）投軍報國，奉命剿除鄺瑞龍（二花臉），兩人陣上大戰。

鄺瑞龍（二花臉）與張忠（李龍飾）惺惺相惜，拗箭結拜。

司馬揚（廖國森飾）登位為皇，獨寵桃花西宮李素梅（陳禧瑜飾），國舅遊街，激怒二王鄺瑞龍（二花臉），瑞龍入宮諫君。

司馬揚（武生）繼位為皇

古老排場戲〈三奏〉，張忠（吳立熙飾）聞訊趕來保奏，司馬揚（武生）酩酊大醉，無動於衷，李素梅（梁芷萁飾）在旁未加勸阻。

古老排場戲〈闖宮〉，張忠（吳立熙飾）為二王被斬入宮聲討司馬揚（武生），知悉軍師苗信（鄺紫煌飾）未加勸阻，要一併誅殺。

古老排場戲〈困城〉，張氏代夫報仇，兵臨城下，司馬揚（武生）與張忠（吳立熙飾）於城牆與她對話。

《梨花罪子》

薛丁山

樊梨花（鄭敏儀飾）答允薛丁山（武生）讓薛應龍（吳立熙飾）戴罪立功

丙、一人千面

身為戲曲演員，一人千面是我終身追求的目標，看似容易，其實高深莫測。記得曾讀《紅樓夢》，書中有云：「至於才子佳人等書，則又開口文君，滿篇子建，千部一腔，千人一面，且終不能不涉淫濫。」能不令我時加警惕？若是千人一面，如同臉譜，戲曲就沒有令人欣賞的價值了。

演了七十年戲，很多齣戲的生行角色我都演過了，包括文武生、小生、丑生、武生、花臉，有些甚至連下欄演員的角色都做過，有些戲真的差不多劇中所有生角都演過。話雖如此，卻不是每個角色都能得心應手，演得稱心滿意。

我自知是始作俑者，害苦了其他生行演員，現在也要跨行當演出，我只能說句對不起。現在的經營方式，絕對不容許有冗員存在，你能演的，就應該去演，第一我是演員，第二我更自得其樂，誰叫在戲台上我是個百厭星？

漢臣吳英（鬚生）不肯歸順王莽，死於王莽刀下。

經堂內吳漢（小武）無奈以存忠劍斬殺妻子王蘭英（陳好逑飾）

「香港實驗粵劇團」首演《十五貫》時飾演熊友蘭（小生），李鳳飾蘇戌娟，尤聲普飾況鍾。熊友蘭與蘇戌娟被誣殺害尤葫蘆，況鍾為二人翻案。

喬裝算命先生的況鍾（尤聲普飾）借測字為名，騙婁阿鼠（丑）跌入其圈套。

《十五貫》經典的一幕〈訪鼠〉，況鍾（鬚生）扮作算命先生套問婁阿鼠（詹浩鋒飾）的罪證。

《十奏嚴嵩》

海瑞 / 嚴嵩

嚴嵩（花臉）瀆職弄權，私通倭寇。

飾演都察御史海瑞（官生），手持的牙簡乃師父麥炳榮所贈。

奏嵩者斬，海瑞（官生）向妻（王超群飾）表明心跡。

秦三帥孟明視（小武）、白乙丙（新劍郎飾）、西乞朮（黎耀威飾）夜闖崤山。

先軫（武生）迎戰秦三帥孟明視（李龍飾）、白乙丙（溫玉瑜飾）、西乞朮（黎耀威飾）。

先軫（武生）驚悉晉襄公（郭俊聲飾）及太妃文嬴（陳好逑飾）放走秦三帥

王魁（小生）命忠僕王忠（尤聲普飾）帶書信及三百両銀回鄉，交予焦桂英。

化成厲鬼的焦桂英（尹飛燕飾）責問王魁（小生）

王魁（詹浩鋒飾）表明休棄焦桂英，僕人王忠（老生）錯愕不已。

金大爺（丑）鍾情名妓焦桂英（尹飛燕飾）

判官（花臉）引領焦桂英（尹飛燕飾）去報仇

薛平貴（小武）降服紅鬃烈馬

十八年後薛平貴（鬚生）襲位為西遼王，封王寶釧（鄧美玲飾）為后，代戰宮主（任冰兒飾）為西宮。

王寶釧（謝曉瑩飾）與父王允（老生）三擊掌，斬斷父女親情。

朱義盛（丑）為薛平貴（林錦堂飾）及王寶釧（尹飛燕飾）於破廟安排婚禮，春梅（陳紀婷飾）在旁打點。

宋世傑（老生）賁夜抄錄過柬文書，其妻（陳好逑飾）在旁持燭添光。

宋世傑（苗丹青飾）向毛朋（鬚生）控告田倫（郭俊聲飾）與顧讀（梁煒康飾）受賄瀆職

許仙（小生）與白素貞（南鳳飾）斷橋相會，冰釋前嫌。

許仕林（小生）雷峰塔會母白素貞（吳美英飾）

法海（武生）以金缽收伏白素貞（謝曉瑩飾），將她壓在雷峰塔下。

白龍太子（小武）被呼延金定（尹飛燕飾）所迷，放她離去。

德昭太子（小生）明作監斬，暗中營救呼延壽廷。

呼延壽廷（丑）喬裝村姑與妹呼延金定（王超群飾）伺機逃出白龍關。

呼延壽廷（小武）追捕白龍太子，被劉妃（陳嘉鳴飾）鸞輿擋路。

盧昭容（尹飛燕飾）裝瘋鬧府，裴禹（小生）暗中幫忙。

厲鬼李慧娘（尹飛燕飾）登壇鬼辯，痛斥賈似道（花臉）荼毒生靈。

為「朝暉粵劇團」陪演，飾演賈麟兒（丑）。

太師堂統領賈瑩中（小武）助紂為虐

盧桐（老生）誓除奸相，借屍還魂的李慧娘（黃葆輝飾）與裴禹（司徒翠英飾）暫避一旁。

楊繼業（小武）將佘賽花（鄧美玲飾）捆綁於七星廟內，扮成神像的排雲（任冰兒飾）不敢妄動。

楊祿（丑）與排雲（陳嘉鳴飾）連番鬥氣

《百花亭贈劍》

江六雲 / 八臘

江六雲（小武）得百花公主（張寶華飾）贈劍訂情

內侍八臘（花臉）有心謀害，騙江六雲誤入百花亭。

于雪賓（老生）以八句箴言訓子

江湖豪客胥長公（老生）壇劫救素徽於危

《佘太君掛帥》

楊延昭（楊六郎）/ 楊七郎 / 宋帝

楊延昭（楊六郎）（小武）金沙灘大戰遼兵

楊七郎（花臉）臉譜面勾「一筆虎」字，彰顯霸氣，虎虎生威。

楊七郎（花臉）鬼魂頭戴蓬髮，頭顱上插箭，魂歸會母佘太君（尤聲普飾）。

宋帝（鬚生）到楊府弔祭，佘太君（尤聲普飾）、楊延昭（羅家英飾）與妻柴郡主（尹飛燕飾）迎駕。

柳夢梅（小生）帶着杜麗娘畫像求見杜寶，以證倩女回生。

冥頑不靈的杜寶（老生）拒認女兒杜麗娘死後回生

梅春霖（小生）無端受了三巴掌

陳最良（丑）向杜寶（廖國森飾）稟報，其女麗娘被柳夢梅盜墳棄屍。

宋帝（老生）確認杜麗娘（尹飛燕飾）回生，賜封淮陰公主，配柳夢梅（衛駿輝飾）為妻，杜寶（廖國森飾）拒絕承認。

《狄青平南之大戰蒙雲關》
包拯／花爾能

包拯（花臉）到平西王府搬兵，請狄青為帥出戰大南國。

大南國猛將花爾能（小武）中了定國夫人圈套，錯將毒茶當藥湯。

新婚之夜，柳如霜（王超群飾）私會司馬仲賢（小武）求續愛，仲賢為孝讓愛，拒絕如霜。

新房內，司馬伯陵（丑）被柳如霜（尹飛燕飾）諸般奚落，無詞以對。

女婿難求，吹打手董代（丑）亦被官差拉走，他乘機戲弄縣太爺。

縣太爺（丑）四出拉郎為婿

武松（小武）以酒色財氣告誡潘金蓮（陳好逑飾）要安守本份

王祥（丑）前來拜祭，被武大郎（蔡之崴飾）鬼魂戲弄，武松（龍貫天飾）睡倒在旁。

《花木蘭》
劉忠 / 賀廷玉

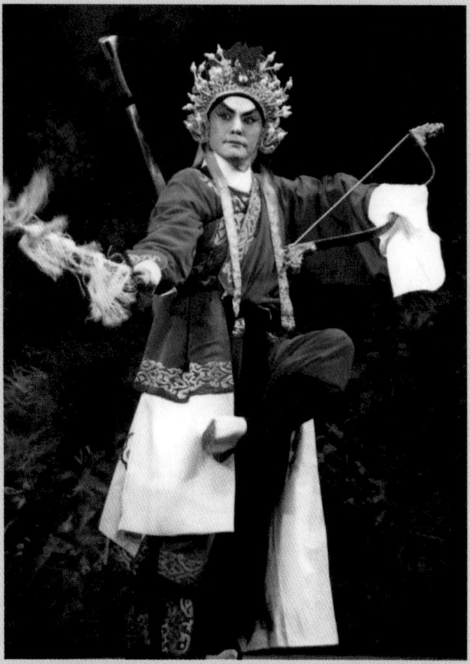

劉忠（小武）投軍射獵

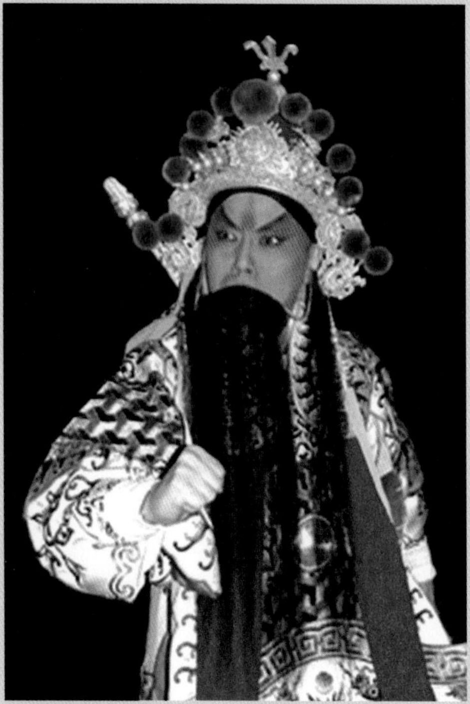

三軍主帥賀廷玉（鬚生）

渡仙橋畔賣字書生卞磯（小生）

被搶回周府拜堂的卞磯（小生）與春蘭（陳咏儀飾）

員外劉德朋（老生）驚聞周通來搶親，六神無主。

小霸王周通（丑）

劉嘉齡（小生）誤當周通之妹玉樓為卞磯，救回家中。

張彥麟（小生）命喪梅花澗

國舅歐雲光（小生）看上林閣老女兒夢仙，帶同師爺（張肇麟飾）登門調戲。

郭鵬（小生）與白蛇素貞（陳咏儀飾）互相傾慕

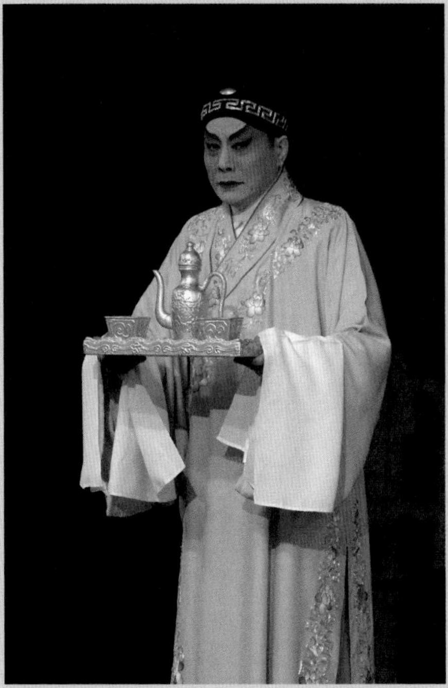

郭鵬被金鵬族長貶落凡間，化名許仙（小生）。

葉秋萍（尹飛燕飾）向孟益（小武）訴衷情

阿里汗（小武）與孟益對戰，被打至挑盔卸甲。

戇僕焦大用（丑）傻頭傻腦，時常闖禍。

《紅了櫻桃碎了心》
趙珠璣 / 趙繼珠 / 孔桂芬

趙珠璣（小生）吐血身亡，蕭桃紅（南鳳飾）與蕭懷雅（梁煒康飾）負起託孤重任。

趙繼珠（娃娃生）學藝未成，蕭懷雅（梁煒康飾）擔心不已。

孔桂芬（小生）後悔錯娶蕭桃紅

風度翩翩的公子塵（小生）初會柳紅鸞（鄧美玲飾），二人情愫暗生。

貌醜的公子宏（丑）冒充弟郎公子塵向柳紅鸞提親

《胡不歸》
文萍生 / 文方氏

文萍生（小武）回家別母，卻被母親迫令與顰娘離婚。

文方氏（女丑）愛子情切，迫媳（尹飛燕飾）離婚。

范蠡（小生）為謀復國，走訪苧蘿村，覓得美女西施（尹飛燕飾）。

勾踐（武生）卧薪嘗膽

夫差（花臉）終允放勾踐（李龍飾）回越國

《風流天子》／《孟麗君》

成宗皇／皇甫少華

風流天子成宗皇（小生）

成宗皇（小生）借上林苑題詩為名，向孟麗君（尹飛燕飾）諸般逃逗。

皇甫少華（小武）延師診脈，多番試探，孟麗君（尹飛燕飾）拒認未婚夫。

哪吒（娃娃生）手持火尖槍及乾坤圈

托塔天王李靖（武生）驚聞哪吒（詹浩鋒飾）打死龍王三太子

《胭脂巷口故人來》
沈桐軒 / 左口魚

落拓才人沈桐軒（小生）重歸胭脂巷

樂府司樂總管右口魚（丑）告發相國千金宋玉蘭勾引樂師沈桐軒

孫臏（李龍飾）在鬼谷子王詡先生（老生）門下習軍略，是鬼谷子的得意門生。

孫臏（李龍飾）遭受臏刑，身體殘廢，投奔齊國任軍師，得齊王（鬚生）器重，為齊國奠定霸業鴻圖。

《梁山伯與祝英台》

梁山伯 / 士九

梁山伯（小生）驚聞祝英台（尹飛燕飾）許配馬文才，樓台內哭斷肝腸。

梁山伯（吳仟峰飾）與士九（丑）懷疑祝英台與人心是女扮男裝

山伯臨終（小生）

梁祝化蝶（尹飛燕飾祝英台）

《梟雄虎將美人威》
衛干城 / 梁文勇

梁文勇（小武）將銀屏郡主玩弄於股掌之中

衛干城（小武）闖宮救銀屏，謝嵩（梁煒康飾）被劏了落椅。

衛干城（小武）滿腔怒火，揮劍劈向梁文勇（林錦堂飾），這一幕是傳統的〈斬二王〉排場。

張國樑（尤聲普飾）、張燕雄（文千歲飾）與王子而（小生）三人橋上並立。

張國樑（武生）閉門打兒子張大洪（阮德鏘飾）

顧生（小生）自知病重，把身後事託付好友喬生。

喬遠山（梁兆明飾）魂魄到了陰司，怒罵判官（丑）不公。

《無情寶劍有情天》
冀王 / 胡道從

冀王（小武）點齊兵馬前往接收韋族軍隊

胡道從（丑）終日與酒為伍，錯將琴娘對冀王絕愛書函交予蕭郎。

蔡伯喈（小生）金殿抗婚，削髮明志。

仁宗（鬚生）金殿賜婚，弄巧成拙，反令蔡伯喈削髮為僧。

蔡父（老生）知悉趙五娘（尹飛燕飾）賣髮葬姑，深悔命蔡伯喈上京赴考。

蔡伯喈（小生）與妻趙五娘（尹飛燕飾）破廟重逢，驚聞雙親已死。

丹宵道人（小武）算出妖孤作亂（《畫皮》二零二零年首演）

狂僧（丑）表面瘋瘋癲癲，實則心存慈悲，濟世為懷。（二零二三年香港藝術節《畫皮》〔精新版〕）

《搶新娘》

桂南屏 / 楚鐵豪 / 余友才 / 畢守法

桂南屏（小武）英雄救美，將太保楚鐵豪（新劍郎飾）痛打一頓。

公堂上，楚鐵豪（丑）持勢迫令畢守法（阮德鏘飾）按他指示判案。

糊糊塗塗的畢守法（丑）常把公堂作夢鄉

余友才（丑）放債惡行，招致被桂南屏打到如斯怪模樣。

武師父（丑）訓示徒兒武德鼎（黎耀威飾）要謹守正途

賊子武思苦（丑）貌似武師父，一時貪玩，拿了《武德訓》當寫劇本秘笈來戲弄眾人。

《萬世流芳張玉喬》

陳子壯 / 佟養甲 / 王壽

廣東名將兵部尚書陳子壯（老生）領軍抗清，兵敗殉國。

佟養甲（老生）威迫利誘皆無法令陳子壯（阮德鏘飾）歸降

佟養甲（老生）見李成棟（宋洪波飾）於壽宴上演《岳飛傳》，大發雷霆。

戲班小武王壽（小武）助張玉喬籌集大明衣履，以便舉義。

陸游（小生）與另嫁趙士程（何偉凌飾）的唐琬（梁心怡飾）在沈園偶遇，滿懷憂怨，兩下斷腸。

趙士程（小生）攜妻唐琬（鄧美玲飾）沈園遊春，不期與陸游（李秋元飾）相遇。

陸游（鬚生）志圖驅除胡虜，可惜宋帝求和偷安，報國無門。

四十年後，陸游（老生）再進沈園，回首前塵，物是人非，不勝惆悵。

漢武帝（小生）初會衛紫卿（御玲瓏飾），一見傾心，冊封她為衛夫人。

平陽公主（林寶珠飾）傾慕衛青（小武），伺機將他提拔。

《碧血寫春秋》

鍾孝全 / 鍾孝義 / 陸劍英 / 鍾于君

鍾于君（武生）病重休養，迫令長子孝全代掌邊關軍政。

鍾孝全（小武）與愛侶陸紫瑛（陳好逑飾）邊關殺敵

鍾孝全（龍貫天飾）、陸劍英（小武）、陸紫瑛（尹飛燕飾）與鍾慕蘭（陳嘉鳴飾）驚聞鍾于君要斬子存忠，四人急謀應變之計。

孿生弟郎鍾孝義（小武）趕回來揭穿國丈（廖國森飾）奸計，鍾于君（尤聲普飾）與陸紫瑛（陳好逑飾）一旁助陣。

陳琳（小生）拷問寇珠（尹飛燕飾）太子下落，寇珠寧死保密。

楚王（鬚生）手抱的嬰孩正是被貍貓掉包的太子

內監郭槐（花臉）奉劉后命，迫陳琳拷問寇珠。

宋真宗（老生）病危，楚王（黎耀威飾）攜子趙禎（李麗霞飾）進深宮，道明趙禎是真龍裔的秘密。

李宸妃（苗丹青飾）驗明眼前人是真正的包公（花臉），才敢將當年冤案和盤托出，要求包公代為翻案。

程嬰（鬚生）決意存趙孤，救萬童，勸服妻子（陳好逑飾）捨子存孤。

十五年後，魏絳回朝，痛打程嬰（老生），程嬰命妻（尹飛燕飾）攜畫圖進宮，説明真相。

公孫杵臼（老生）與程嬰（苗丹青飾）定計，程嬰捨子，公孫捨命，換取趙孤安全。

《蝶影紅梨記》

趙汝州 / 錢濟之 / 王黼 / 劉公道

趙汝州（小生）手捧謝素秋詩稿

錢濟之（官生）為免耽誤趙汝州前途，拒絕收留謝素秋（梅雪詩飾）與劉公道（尤聲普飾）。

相爺王黼（老生）準備將謝素秋獻予新科狀元趙汝州，以圖自保。

劉公道（丑）勸服相爺王黼（阮德鏘飾），准許謝素秋（鄧美玲飾）與趙汝州隔門相見。

魏劍雲（小武）要往東齊借兵，與妻白梨香（南鳳飾）訂下燕歸之約。

白志成（丑）冒認西梁王子前往東齊借取雄兵

東齊公主（陳嘉鳴飾）情傾魏劍雲（龍貫天飾），蔡雄風（小武）妒火中燒。

《穆桂英大破洪州》

楊宗保 / 寇準 / 白天佐 / 楊延昭（楊六郎） / 八賢王

穆桂英（尹飛燕飾）掛帥，楊宗保（小武）任先行官，率兵出征洪州。

寇準（老生）老謀深算，用激將法令穆桂英出征。

八賢王（鬚生）與寇準（廖國森飾）到天波請穆桂英掛帥

穆桂英因宗保違反軍令判其問斬，楊延昭（楊六郎）（鬚生）趕至求情將其死罪免了。

遼將白天佐（花臉）與穆桂英大戰於洪州

上官雲龍（小武）與司徒文鳳（尹飛燕飾）脱下婚袍，換上戎裝，趕到校場比武爭掛帥。

漢顯帝（小生）為無人掛帥大費周章

上官雲龍（郭俊聲飾）與司徒文鳳（張潔霞飾）狹路相逢，互不相讓，上官夢（丑）以尚方寶劍迫讓路，司徒美（徐月明飾）高舉聖旨抗衡之。

《雙槍陸文龍》

陸登 / 王佐 / 金兀朮

岳飛部屬王佐（鬚生）行苦肉計，斷臂詐降金營，伺機向陸文龍痛陳陸家慘史。

陸登（鬚生）兵敗潞安洲，與夫人（任冰兒飾）雙雙殉國。

金國四太子金兀朮（花臉）攻破潞安洲，陸登（廖國森飾）自刎殉國。

張達（小武）激於義憤，毅然踏上征途。

孟忠（小武）聞得義軍出征，決定別家投軍。

孟昭（老生）烈士暮年，壯心不已，
為大軍充當後援。

《寶蓮燈》/《一盞蓮燈兩代情》
劉彥昌／二郎神

二郎神（小武）驚聞聖母私戀凡夫，產下嬌兒，興師問罪。

劉彥昌（小生）與華山聖母（梁少芯飾）鑄就仙凡一段緣

劉彥昌（鬚生）勸妻王桂英（尹飛燕飾）捨親生，存大義，報答聖母之恩，放走沉香，以秋兒頂替。

華雲龍（小武）假冒姑蘇殿下到北漢騙婚，得銀屏公主（鄧美玲飾）下嫁。

張定邊之子張玉琦（小武）助父襄助北漢王對抗朱元璋

北漢大將張定邊（花臉）對華雲龍身份深感懷疑，惟銀屏不信，與他成婚及黎山會盟。

北漢王陳友諒（鬚生）黎山會盟，誤中伏兵，於混戰中為華雲龍殺斃。

洪天寶（小武）與葛靜娘（南鳳飾）夫妻恩愛

葛靜娘（南鳳飾）救夫心切，假裝與黎德如（丑）有染，令洪天寶（龍貫天飾）寫下休書，憤然離去，避過殺身之禍。

宋帝（小生）誤中埋伏，幸得洪天寶路過，成功護駕。

丁、氍毹掇英

掇，有選取、拾取之意；英，是精華的意思。「氍毹掇英」也就是說，想在我的舞台演出中，拾取較特別的造型或角色，呈現在欣賞者的面前。當中不乏是非正主角色，非主流的劇本，甚至連自身小生行當也不是的造型。更有趣的是，只演過一次，再見無期，想要再拍一次，亦有點苛求。

《一樓風雪夜歸人》

秦叔亮

秦叔亮（小武）獨臂尚能持家禮，對弟郎孟瑜（李龍飾）敗壞家風，嚴加訓斥。

《九天玄女》

歸大爺 / 華陽仙翁

歸大爺（老生）與得意門生艾敬郎（林錦堂飾）

華陽仙翁（老生）奉玉旨為九天玄女與風月仙子在仙山聯婚，成就神仙眷屬。

《九江口》

陳友諒

陳友諒（鬚生）依期踐約聯兵

陳友諒（鬚生）九江口被圍，南屏公主（鄭詠梅飾）誓救父王出虎穴。

《三看御妹》

封加進

封加進（小生）因禍得福，得御妹劉金定（尹飛燕飾）贈以雙連寶筆訂終身。

《大名府》

時遷

時遷（丑）聯同燕青（李龍飾）及梁山泊人士劫法場，營救盧俊義脱險。

《大鬧梅知府》

蕭永倫

書生蕭永倫（小生）與尚書之女倫碧蓉（南鳳飾）指腹為婚，卻被倫尚書冤蒙下獄，問成死罪。碧蓉得大嫂瓊嬋相助，監牢內探望永倫，互訴衷情。

蕭永倫（小生）高中狀元，在庵堂內與碧蓉（南鳳飾）相會，大嫂瓊嬋（廖國森飾）與梅知府（梁煒康飾）歡欣無限。

《牛郎與織女》

金牛星

金牛星（丑）請旨下凡見證金靈童子的牛郎（吳立熙飾）與天孫的織女（謝曉瑩飾）二人的千世歷煉。

《王子復仇記》
鄭馬倫

太子高舜（黎耀威飾）藉「長勝班」進宮獻藝，指證劉宏義弒君奪嫂，鄭馬倫（老生）相勸高舜離宮逃命。

《仙履奇緣》
醉仙翁

身披草蓆，滿臉通紅的醉仙翁（丑）。

《打金枝》

郭曖

郭曖（小武）受辱筵前，帶醉回宮，毀紅燈，質問公主（陳銘英飾），借醉怒打金枝。

《打麵缸》

知縣

周臘梅（徐月明飾）厭倦賣笑生涯，跪求縣官（丑）判她從良，師爺（梁煒康飾）深知縣太爺垂涎美色，唆使判與差役張才為妻，以圖後計。

縣太老爺（丑）滿口仁義道德，卻趁機潛往張家，調戲張家新婦周臘梅（徐月明飾）。

伍子胥（鬚生）無計過昭關，日夜憂煎，一夜之間鬚髮由黑轉蒼，終於一夜白頭，混過昭關到吳國。

《伍子胥傳上本》
伍子胥

一夜白頭的伍子胥（鬚生）過了昭關，在吳國市上故意吹簫乞食，吸引公子光注意及賞識，為公子光設下刺殺姬僚之計。

《伍子胥傳下本》
伍子胥

伍子胥（老生）寄子（郭俊聲飾）齊邦，自知此番回去必死無疑。

《西河救夫》

閻羅王

閻羅王（花臉）命鬼差教玉鳳武藝，好讓她到西河救夫。

《西遊記之三打白骨精》

唐三藏

唐三藏（小生）誤會徒弟孫悟空（蔡之崴飾）無故傷人，恣意行兇，違反誡律，悟能朱八戒（梁煒康飾）在旁推波助瀾。

《何文秀會妻》
何文秀

何文秀（小生）喬裝算命先生，桑園訪妻。

《呂不韋》
李斯

李斯（小生）獻計，教呂不韋（吳仟峰飾）扶植嬴政登位。

嬴政（黃成彬飾）得李斯（小生）輔助，謀剷除仲父呂不韋。

《孝莊皇后》

皇太極

清太宗皇太極（武生）功業未竟，入關前駕崩，傳位予幼子福臨（高永俊飾）。

《李太白》

安祿山

節度使安祿山（小武）向李太白（尤聲普飾）迫降

安祿山（小武）偷往楊貴妃墳前哭祭，被唐軍包圍，負傷而逃。

《沙三少與俏銀姐》

譚仁

沙三少（吳仟峰飾）與鄭初九（黎耀威飾）向譚仁（丑）誣衊其妻銀姐不貞，誘他休妻。

《辛安驛》

趙景龍

趙景龍（小武）模仿當日女扮男裝的羅雁與周鳳英（尹飛燕飾）洞房的情景，戲弄鳳英一番。

《武皇陛下》

狄仁傑

武則天（尹飛燕飾）納諫釋賢，起用敢言直諫的國老狄仁傑（老生）。

《花染狀元紅》

夏子奇

探花郎夏子奇（小生）險被狀元之妹茹明月（林寶珠飾）的對聯難到。

《非夢奇緣》
李能

家僕李能（鬚生）往臨安尋找少主人

《俏潘安》
李廣

俏潘安楚雲（龍劍笙飾）在軍營內重遇未婚夫李廣（小武），帳前共話，少女情懷，心如鹿撞。

《昭君出塞》
單于王

匈奴單于王（武生）向漢元帝請求和親，迎娶王昭君回返匈奴。

《柳毅傳書》
柳福

錢塘君幻化成媒人婆（賽麒麟飾）到柳家為龍女三娘提親，柳福（丑）一見，不知所措。

《活命金牌》

華英太子

華英太子（小武）被判斬，幸得弟郎華雄（郭俊聲飾）請命監斬，行刑時私放華英。

《英烈劍中劍》

司徒衛英

奸臣孟奎麾下猛將司徒衛英（小武）武功卓著，所向披靡。

《風塵三俠》

虬髯客

虬髯客張仲堅（花臉）與李靖（龍貫天飾）及紅拂女（謝曉瑩飾）一見如故，結義金蘭為風塵三俠。

《高平關取級》

高行周

趙匡胤（李龍飾）到高平關向高行周（老生）借取人頭

「白蟒」魔王（花臉）未能佔有冰心（尹飛燕飾），一怒之下將她鎖於黑海潭。

《寒江關》/《樊梨花三戲薛丁山》

程咬金

唐朝開國名將程咬金（丑）

《寒宮取笑》

徐延昭

定國公徐延昭（花臉）手持御賜銅錘進宮與國太共商鋤奸大計

《黃飛虎反五關》

黃滾

黃滾（武生）乃商朝鎮邊老帥，武成王黃飛虎之父，攔阻兒子反出五關。

《傾國夢》

伯邑考

周文王之子伯邑考（小武）被紂王烹成肉羹

《搜書院》
謝寶

瓊台書院謝寶老師（老生）義助翠蓮與張逸民逃脫鎮台魔掌

《楊枝露滴牡丹開》
春風

聞歌起舞的春風（小生），既驚且怯，嚇煞身旁的小花仙。

《煙雨重溫驛館情》
勾踐

勾踐（武生）為吳王夫差作馬奴

勾踐（武生）太湖石畔目送范蠡與西施泛舟離去

《萬惡淫為首》
黃子年

黃子年（小生）識破繼母姦情，雙目慘被毒盲，被逐離家，街頭乞食。

《德齡與慈禧》
李蓮英

慈禧太后心腹太監李蓮英（丑）

《漢武東方》
東方朔

一代弄臣「滑稽之雄」東方朔（丑）與漢武帝鬥智鬥力

《箭為媒》

徐世英

英雄人物青面虎徐世英（花臉）

《錦毛鼠》
蔣平

「翻江鼠」蔣平（丑）擅長游泳，在水中來去自如。

《戰國春秋之燕荊傳》
荊軻

荊軻（小武）感燕太子丹知遇之恩，入秦刺殺秦王政。

《龍城虎將振聲威》
賴尿蝦

呆頭呆腦的賴尿蝦（丑）由假太子變成真太子

賴尿蝦（丑）冒充黃龍國太子

《瀛台泣血》
李蓮英

宦官李蓮英（丑）攙扶慈禧太后（廖國森飾）

《鐵弓奇緣》
匡忠

匡忠（小武）開弓

《霸王別姬》
蕭何

蕭何（老生）月下追韓信（羅家英飾）

【第六章】

不稱手時不稱心

我演了七十年戲，總會有些戲不愛演，也有演出失敗的角色。愛演的戲、喜歡的角色，當然願意做，但有些戲既不愛，角色又不喜歡，那又怎麼辦？當年做遊樂場或剛出道的時候，哪敢說不喜歡便不做，後來有些戲我真的覺得太難堪，真的不能演。

有些戲雖然是常演的名劇，但心底抗拒，自知演出無法達到水準，可以不演的就不演了。榜上有名的有《火網梵宮十四年》的溫璋、《隋宮十載菱花夢》的楊越、《紅樓夢》的賈寶玉及琪官、《李後主》的李後主、《無情寶劍有情天》的韋重輝、《辭郎洲》的張達和《碧血寫春秋》的鍾孝全及鍾孝義兄弟。

《火網梵宮十四年》（溫璋）

《火網梵宮十四年》的溫璋，是我無法拿捏的角色。我看過一叔（陳錦棠先生）演的溫璋，我無法拿捏他哪處發火，哪處不發火，自己也是瞎猜，如何演出給人看？我知道哪些地方應唱霸腔，哪些地方要演得有火，但火從哪裏來？一叔演得很自然，我就做不到了，亦演不到他的冤氣；他怎樣能令魚玄姬死心塌地愛他？我同樣演不到，這個角色我視之為畏途。就算只演小生，我也會問班主交甚麼戲。有些文武生演了《火網梵宮十四年》的李憶，那我就要做溫璋，但這個角色是我很不想做的，唯有希望他們不演這齣戲。大多數班主其實也會遷就，因為很多文武生喜歡演溫璋，但他們大多數沒有看過一叔的演出，沒有包袱，那我就可以演回有把握的角色李憶。

《隋宮十載菱花夢》（楊越）

另一個我無法拿捏的角色，是《隋宮十載菱花夢》的楊越。儘管我曾看過一叔的演出，而且是同台演出，但始終拿捏不到，自問不及一叔冤纏，自己覺得難堪就很難演得好。不少文武生很喜歡演楊越，我則視之為畏途。

《李後主》（李後主）

我沒有演過李後主這個角色。我很討厭李煜，他是一個不足取的人，不能因為他的詞寫得好，被稱為「詞聖」，就可以忽略他的缺點。他的詞雖然美，但整個人絕不足取，真的是錯生在帝皇之家。他不把家國大業當是一回事，哪來憂民憂國？如果是他真的做得到，就不致弄到如斯田地，國破家亡。為國家鎮守邊防最大功勞的林仁肇被他迫到自盡而死，令人無法原諒。他的愛情故事也是胡亂堆砌，既不忠於大周后，亦令小周后委屈侍奉趙匡義，不單不是一個好的帝皇，更談不上是一個好人。

《紅樓夢》（琪官／賈寶玉）

《紅樓夢》的琪官是另一個我不懂演的角色。琪官是忠順王府的一名小旦，是有點娘娘腔的角色。因為自己不想演，預計觀眾亦不同意我的做法，就不想做，寧願做傻大姐也好過演琪官。

我做了七十年戲，從未演過賈寶玉，因為我很小就看《紅樓夢》，覺得自己沒有一丁點像賈寶玉。其實賈寶玉這個角色不難演，但總覺得自己哪裏像他？《紅樓夢》實在寫得太完美，做得成功的人不是沒有，但不多，覺得自己沒有資格做賈寶玉，純粹唱曲還可以，《寶玉怨婚》及《幻覺離恨天》我也唱過，但演就一次也未試過，相信到了這把年紀更不會嘗試了。

《無情寶劍有情天》（韋重輝）

《無情寶劍有情天》是一齣我覺得不合情理的戲，韋重輝為了琴娘將全族人出賣，還說自己是至情至聖，怎說得通？既不通，又如何演下去？

《辭郎洲》（張達）

《辭郎洲》的頭場中，各人求張達出戰，但他也堅拒，還說自己忠君愛國？頭場足足演了一個小時，由大到小，由老到嫩，甚至跪求張達出戰，他都不答應，但忽然又說願意去。所以後來我在演出時將劇情改成張達想試探各人，看他們是不是真的忠心愛國，唯有這個改動才令頭場變得合理。除了這一點說不通外，其實《辭郎洲》也是一齣好戲。

《碧血寫春秋》（鍾孝全／鍾孝義）

《碧血寫春秋》的頭場中，為甚麼作為兒子的鍾孝全不可以向父親說明他在等弟郎回來？為何兩父子偏偏不肯講清楚？結果釀成慘事。為了愚忠，父要殺子，結果被奸國丈有機可乘，害死親兒。現在我演的時候，通常安排頭場國丈在場不走，一定要目擊鍾孝全離開，鍾于君為了面子，怎能不讓兒子上陣，所以便迫兒子上馬。唯有這樣安排，劇情才能變得合理。有些小毛病當時不覺得有問題，後來越做越覺得不合理，當然戲曲的合理性與真實的合理性是不相同的，但也要能說服觀眾。如何說服觀眾同意你不可以講出實情，是寫戲的人要注意的。寫戲的人一定知道原因，但觀眾不一定明白，所以我不贊成要觀眾去猜。

【第七章】愚公心志實非愚

七十年代初，我開始嘗試參與幕後製作，「香港實驗粵劇團」可說是當時我們這班年輕小伙子破天荒的大膽嘗試，開展了我與政府合作的引子，也證明我們有能力製作高水準的大型粵劇演出。往後香港藝術節、中國戲曲節及多個在康文署會堂開幕時的粵劇演出，我也是其中的搞手。當時日以繼夜，不眠不休地拼搏，今天回想起來，也叫自己大吃一驚。

當中有令人難忘的滿足，亦有令人槌心的感嘆。可一不可再的組合與演出，亦值得學藝者借鑒。在鴛鴦蝴蝶派的主流劇目外，也另闢蹊徑，保留傳統排場劇目，不同行當的專場演出，喚醒觀眾對另類劇目的欣賞與支持，足令老懷寬慰。

香港實驗粵劇團

「香港實驗粵劇團」是我最早期開始參與幕後工作的劇團，那時我們一班滿腔熱血的年輕人，不敢妄言改革，只希望梳理一下，探究粵劇應走一條怎樣的路？可否有其他的嘗試？所以我們把它叫做「實驗」。

那時香港大會堂已經開幕，我們與香港大會堂合作，大會堂免了我們一切的租金，條件是樓上要劃一票價，還要是平價票，收入歸我們。我們這一班名氣不是很大的演員，說

二零零零年「香港實驗粵劇團」《十五貫》演出單張

要搞「實驗」，觀眾又不知我們在搞甚麼，連行內前輩都滿腹狐疑，幸好我師父麥炳榮先生沒有出口阻攔。雖然他沒有説支持，但他一心想看看我們能搞些甚麼東西出來，他還來看我們的演出。仙姐（白雪仙女士）、一叔（陳錦棠先生）、波叔（梁醒波先生）、四叔（靚次伯先生）也很支持，叫我們放膽去做，至於失敗或成功，就留待後世評論。

當時那夥年輕人除了我，還有尤聲普、李奇峰、李龍、李鳳、尹飛燕、陳嘉鳴、梁漢威、李婉湘、李文華、楊劍華、戴信華、劉千石、雷靄然、陳慶強、郭孟浩等，演出劇目包括《趙氏孤兒》、《十五貫》、《梁紅玉》、《搶傘》、《寶蓮燈》、《三打白骨精》、《擋馬》、《遊園驚夢》等。

在一九八二年後，因為「香港實驗粵劇團」中各演員自己的演出多了，各有各忙，在「實驗」的演出便相對減少。直到一九九一年，我們發覺香港藝術節已多年沒有粵劇演出，業界卻沒有理會香港藝術節這個情況。我們覺得不對勁，便向有關人士爭取在香港藝術節恢復粵劇演出，因為粵劇是最本土的表演藝術，結果香港藝術節主辦單位便邀請「香港實驗粵劇團」演出《十五貫》全劇。

直到二零一零年一月，我們在香港文化中心舉行「香港實驗粵劇團成立四十週年紀念」演出，我特別撰寫《煉印》一劇，以茲紀念，當然還有其他劇目。

昔年夥伴聚首一堂為「香港實驗粵劇團成立四十週年紀念」演出宣傳
前排左起：劉千石、李奇峰、尤聲普、梁漢威、阮兆輝、胡志雄
後排左起：南鳳、李鳳、尹飛燕、陳嘉鳴、雷靄然、關雪麗

粵劇之家

實驗了二十年，還在實驗嗎？我們應該做些實質的工作，如發掘傳統、整理劇目，將實驗的精神與成果擴大和推廣。於是普哥（尤聲普先生）與我便開始籌劃一個新組織，聯同新劍郎先生、黃肇生先生及黎鍵先生，合力組成「香港粵劇發展有限公司」。不久市政局轄下的高山劇場準備策劃一些粵劇活動，於是我們便做了一個為期三個月的「粵劇之家」計劃。當中有龍套教習、講解示範等，不勝枚舉。之後更着力從事修復古老戲，整理傳統劇目，一直發展下去。

「粵劇之家」計劃於一九九三年推出，其實是「香港粵劇發展有限公司」旗下一個於高山劇場進行、為期三個月的試驗計劃。說來也奇怪，「粵劇

一九九三年「粵劇之家」計劃宣傳單張

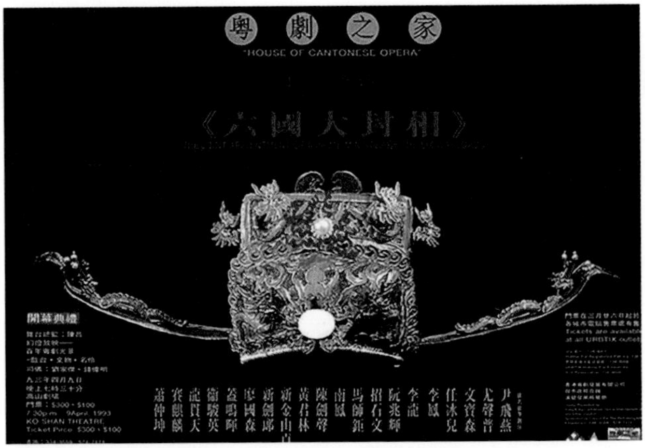

一九九三年「粵劇之家」開幕演出《六國大封相》

一九九四年《醉斬二王》演出單張

一九九八年《玉皇登殿》
演出場刊

之家」本來只是一個計劃的名稱，不知怎的，以後所有人都稱我們為「粵劇之家」，反而不記得公司名稱了。不要說外人，連我們自己也不是記得很清楚，都是順口叫做「粵劇之家」，我們也樂得如此。

「粵劇之家」旨在致力推廣粵劇活動，同時進行有關粵劇的教育、培訓、研究及資料整理與保留傳統的工作。一九九六年又獲得香港藝術發展局資助，專門為教育署進行各項有關在學校推廣戲曲的龐大計劃，收效甚大。

在演出製作方面，「粵劇之家」曾為香港藝術節、亞洲藝術節策劃多個大型粵劇演出，還有很多康文署的邀約演出，曾經演出的大型粵劇有《醉斬二王》（一九九四年）、《趙氏孤兒》（一九九五年）、《大鬧青竹寺》（一九九六年香港藝術節）、《長坂坡》（一九九六年高山劇場開幕）、《趙氏孤兒》（重演）、古老排場粵劇《西河會妻》（一九九七年香港藝術節）、《呂蒙正‧評雪辨蹤》（一九九八年香港藝術節）、復原性粵劇《玉皇登殿》（一九九八年亞洲藝術節）、《三帥困崤山》（二零零零年香港藝術節）。

《趙氏孤兒》

第一次我有份參加事務的經驗，遠在一九六六年，就是《趙氏孤兒》，那是在「香港實驗粵劇團」之前的事。普哥（尤聲普先生）與我是好朋友，有次他說：「我哋不如搞個兄弟班做。」當時粵劇的發展空間不大，兩個人商議搞兄弟班，那時還有蕭仲坤、紅霞女、周麗兒、李婉湘參與。最初我們訂了香港大會堂五日演期，但周轉費用又不夠，於是向當時頗支持戲班的袁伯（袁耀鴻先生）表明心意。他對我們這班年輕人很好，借了幾千元出來，蝕了就算。這是第一版的《趙氏孤兒》，為我們寫劇本的是韓訊先生，他是從前三愚編劇社其中一位編劇，與盧山先生、呂永先生、盧訊先生、陳甘唐先生等一班人，組成了一個編劇社。韓訊先生很支持我們，幫我們寫了一齣《趙氏孤兒》，版本是依照京劇《趙氏孤兒》整理增刪，這就是我們第一版的《趙氏孤兒》。

到了「香港實驗粵劇團」的後期，我們應市政局邀請，再演《趙氏孤兒》，後來也演出了很多次。我與逑姐（陳好逑女士）合作時，也曾在澳門藝術節中演出《趙氏孤兒》。這齣戲的花旦也換了幾次，以前有紅霞女、周麗兒，後來有尹飛燕、李鳳，很多人也曾參與演出，連逑姐也演過。《趙氏孤兒》可說是群戲，非常受歡迎，我現在給年輕演員排戲時也有做《趙氏孤兒》，而且每個人也有發揮的空間。這是一齣我十分愛演的戲。

一九九五年《趙氏孤兒》演出單張

一九九七年《趙氏孤兒》演出場刊

《十五貫》

到了「香港實驗粵劇團」的後期，我們又有一次應邀演出。那屆班很奇怪，寶姐（李寶瑩女士）與行哥（羅家英先生）加入了，我們認為二人加入最好寫齣《秦香蓮》。寶姐的秦香蓮、普哥（尤聲普先生）的包公、行哥的陳世美、威哥（梁漢威先生）的韓琪、我的黃彥齡，如意算盤。結果寶姐反對，演不成，但演期已迫近，我們只好將醞釀了很久的《十五貫》拿出來，結果一提出演《十五貫》就成事了。

德叔（葉紹德先生）負責編劇，當時我們在酒店訂了幾天的房間給德叔寫戲，白天我們到酒店與德叔商量介口，大致上都算是集體創作，但執筆人是德叔。《十五貫》產生後一直也很受歡迎，因為沒有鴛鴦蝴蝶的成份，所以《十五貫》算是「香港實驗粵劇團」的成功作品。當時劇壇被鴛鴦蝴蝶的劇本霸佔了，《十五貫》的產生，旨在告訴大家非鴛鴦蝴蝶的劇本也有人看，這是很可喜的現象，甚至到了現在，仍然有人看。

《十五貫》首演有普哥的況鍾、李奇峰的婁阿鼠、我的熊友蘭、蕭仲坤的過于執、陳燕棠的都堂、李鳳的蘇戍娟、朱少坡的尤葫蘆、敖龍的秦古森、新劍郎的夏總甲，音樂設計是戴信華，演員陣容鼎盛，演出非常圓滿。後來奇哥（李奇峰先生）到美國經商，以後婁阿鼠改由我來做，熊友蘭改由李龍演出。之後因為演員撞期或場合不同，有些角色都有更換，但整齣戲就沒有甚麼變更，一直以來也是按同一版本演出。

一九九三年香港藝術節《十五貫》演出單張

高山劇場開幕（一九八三年（半露天式劇場）／一九九六年（全天候室內劇場））

我很有福氣，很多劇院開幕時，我都有份演出。香港大舞台開幕時，我還是小孩，演出「麗聲劇團」的《白兔會》，我做咬臍郎，是香港大舞台開幕的第一場演出。香港大會堂開幕的第一齣戲是《鳳閣恩仇未了情》，我也有份演出。

現在的高山劇場並不是最初期的設計，最初的高山劇場外形像一個鍋，前面有瓦遮頭，後面就無上蓋，像足球場一樣，沿山而下。那時的高山劇場有近三千個座位，據說當天的設計是效法新加坡國家劇場，怎知高山劇場開幕不久，新加坡國家劇場便被拆卸，認為是錯誤的設計，因為無法抵擋風雨。當時的高山劇場開幕是由祥叔（新馬師曾先生）演出《白蛇傳》，我做小生。一九九六年，改建

一九九六年高山劇場重開獻禮《長坂坡》演出單張

後的高山劇場開幕，我也有份演出，上演《長坂坡》，由李龍擔演，「粵劇之家」承辦，參演者有尤聲普、尹飛燕、任冰兒、呂洪廣、敖龍、新劍郎、賽麒麟、龍貫天、鄧美玲、陳詠儀和我，陣容鼎盛。

香港文化中心開幕（一九八九年）《六國大封相》（開幕首演粵劇）

一九八九年香港文化中心的開幕演出，雖然我沒有參與，但首場粵劇演出《六國大封相》、《賀壽》、《送子》、《加官》就有份參與。最可喜就是請到當時已收山的四叔（靚次伯先生）跳「淨面加官」，是以本來的妝身化妝掛鬚演出，不戴加官面。一般的《加官》演出會戴加官面，甚至京班的《加官》也戴加官面，那是一個假的面具。四叔因為年紀大，怕加官面的眼與自己的眼的位置不吻合，

《六國大封相》書籍封面

看不見路會跌倒，所以他便跳「淨面加官」。我曾經問他昔日有沒有「淨面加官」，他說有，因為正印武生戴了加官面，主會認不出是誰，要求武生跳「淨面加官」，特別是當紅的武生。四叔告訴我他因為怕會跌倒，所以那天他才跳「淨面加官」。

很可惜負責處理錄影的梁沛錦博士，將當晚的演出以花絮形式拍攝，我們本來希望保留一個完整的演出記錄，因為全行很多人都有參與，角色還要是精挑細選的，但可惜拍出來的結果，沒有一個表演是完整的，如羅傘架有時拍演出，有時拍虎度門花絮，白費了我們的心血。這件事我耿耿於懷了三十多年，因為我們是想做一個記錄，而不是拍花絮，最痛心是連四叔最後一次登台都沒有保留下來，不知大家又如何看待這件事呢？

當天粵劇行內精英盡出，梁漢威、吳漢英、蕭仲坤、何志成、朱秀英與我飾六國王；廖國森、楊劍華、陳劍鋒、羅家英、李龍、吳仟峰飾六國元帥；尹飛燕與南鳳擔任頭傘及尾傘；尤聲普飾蘇秦，掛黑鬚坐車；賽麒麟飾黃門官；推車是李鳳、謝雪心、任冰兒，陣容一時無兩。

《西河會妻》（一九九七年）

「粵劇之家」很落力去玉成任何一次演出，但其中有沒有失敗作品呢？當然有，不是每一次都成功。我自己覺得最失敗的一次是《西河會妻》，不是演得失敗，但不知是架構出了問題，還是溝通上出了問題？

那次我負責佈景概念，道具與佈景由我負責，普哥（尤聲普先生）負責排戲，新劍郎負責劇本。《西河會妻》劇本的失敗之處是同一事件要講六次，但觀眾看着事件發生，而劇中人卻不知道，不知如何交代才好？雖然粵劇也有用幾句牌子代表簡單事件陳述，但有時觀眾不接受，令我們很懊惱。

另一樣失誤，就是忘記了有一枝袖箭是

一九九七年香港藝術節《西河會妻》演出單張

刻了名的，所以後來的報仇事件被淡化了，有甚麼證據呢？其實郭崇安把趙英強打下山崖的那枝袖箭刻了郭崇安的姓名，後來趙英強就拿那枝袖箭去告狀，但那次就出現失誤。

另一失誤之處是找京劇老師去排戲。尾場的比武由京劇老師排戲，但全齣是古老的排場比武，劉洵老師排的比武與廣東戲有些出入。還有穿戴方面都有問題，一個穿大靠，一個穿靠仔，不明所以。《西河會妻》的演出效果不太好，所以到現在也沒有重演。我覺得《西河會妻》是「粵劇之家」搞得比較差的一齣戲。

《玉皇登殿》（一九九八年）

香港文化中心還有一個大型的演出，由「粵劇之家」主催，即修復《玉皇登殿》。一九五九年，那時的八和會館主席關德興先生倡議修復《玉皇登殿》，那時的口號已經是「發掘傳統」了。據説差不多五十年沒出現在省港的舞台，起碼大班沒有做，市區演出沒有做，有者也是偏遠區域的所謂過山班才有演這齣例戲，但是不完整。關德興先生一力承擔要重演，不可以讓《玉皇登殿》失傳。當時關德興前輩一番心血，想重現這齣戲，而且給後輩示範，於是由八和主辦，在利舞臺演出。

那一次我是榜上有名的，被召入伍，但最終沒有派角給我。那時我太年輕了，大約十多歲，但有在場中看綵排及看演出。在排戲的時候，最大爭議卻是鑼鼓與笛口的牌子，幾位老前輩爭持不下，初則口角，繼而幾乎動武，嚇得我不敢哼聲。幸好有我師傅黃滔老師，在當中作魯仲連，才不致出事。憑這事件就看得出這齣例戲有多少年沒演出了。據高根叔【二】說他一生未打過「登殿」，他的父親「三手源」高源先輩也只做過一次，所以要修復這齣戲實在不易。

我的師傅黃滔先生負責統籌音樂部份，成功勸止各前輩們不再爭拗，另外還將這次《玉皇登殿》的記錄寫下來，包括甚麼角色用甚麼鑼鼓上場，笛口吹甚麼牌子，角色的穿戴，連鬚口也記下來，真的是功不可沒。

我們後來可以修復《玉皇登殿》，滔叔（黃滔先生）的功勞極大，我們拿着他的記錄當成天書。另外，幸好有新金山貞這位前輩幫忙，貞叔很樂意扶掖後輩，他與另一位前輩何劍峰先生花了很多精神，將《玉皇登殿》的提綱寫出來，與滔叔的天書吻合，所以我們深信我們做的《玉皇登殿》是他們舊時的演出版本。因為沒有錄影可作根據，無法爭拗演出的動作，但動作的下數及位置應該是依循了前人的做法。

我們並不希望生產一齣新的《玉皇登殿》出來，而是真真正正的古本《玉皇登殿》。一九五九年那次幾乎沒有人演「玉皇」一角，因為「玉皇」一角要唱幾支牌子，那是正生擔演的，正生要熟牌子才能勝任。那時便誠邀收山已久的鄭炳光前輩來演「玉皇」，原來他是演正生的，既好聲，也對牌子曲稔熟，真不作第二人選。至於日月架，那些前輩都說不熟悉，曾經推演，後來終於成功演出了，但他們都大費周章，然後才修復了《玉皇登殿》。很難想像，一九五九年時已經說《玉皇登殿》沒演幾十年了。

我雖然有看排戲，有看演出，但記得的真是不多，且只是靠看回來的，所以完全不敢說是知道《玉皇登殿》。直到四十年後，一九九八年亞洲藝術節，我提議由八和會館主辦，但不知為甚麼，那時八和拒絕了。於是我們唯有用「粵劇之家」的名義挑起這個責任，因為再不做，前輩們的記憶一年比一年差，加上前輩們離世，就會十分危險，到時《玉皇登殿》就無法修復，無法演出。

如果沒有那幾位前輩及滔叔（黃滔先生）的天書，給個天我做膽都不敢做《玉皇登殿》。我還去了馬來亞找香姐（蔡艷香女士）教我跳「桃花女架」，我回來再教尹飛燕跳。我亦曾到廣州市拜訪蔡群玉女士，她是香姐的姑姐，她的「桃花女架」與香姐大同小異，唯一爭議是香姐教桃花女手持的劍只有劍匣沒有劍肉，但蔡群玉老師則説有劍肉，還教我紮一個紅球縛着劍肉，防止耍劍時劍會飛出來。因為莫衷一是，我又不懂，所以我將兩位的教授原原本本的説出來，由演出者決定奉行哪一派。

劉月峰前輩自費專程由美國回來看演出，看完後説我們的穿戴還比以前好，因為以前每台演出都有做《玉皇登殿》，穿戴自然隨便，演了就算，沒有那麼仔細，現在我們的演出很好，他是贊成我們的。

《玉皇登殿》後來還有多次演出，都是用這個版本。我們修復《玉皇登殿》的時候得到很多人的幫助，例如普哥（尤聲普先生）、新金山貞前輩、何劍峰前輩，有些人可能給了少許意見，也十分難得，但要一一盡錄就記不清楚了。幸好我們演出得早，過了一兩年後，貞叔（新金山貞）的記憶已開始模糊，儘管他享以高壽，但最後的幾年，記憶差了很多。我們很幸運能早些修復及保留《玉皇登殿》，雖然不敢説百分百保留了原來面目，但起碼圓滿地演出了《玉皇登殿》這齣戲，已經非常幸運。

這次《玉皇登殿》的佈景意念由我負責，我想在舞台上復原古戲台，有兩條花柱，有玉皇廠，有虎度門，兩邊有出將入相，演員由出將入相的位置出場，不是由左右兩翼出場，這個佈景十分昂貴，約花了十多萬元。其中有一個簷篷如瓦背的模樣伸出來，還研究了力學的計算及如何使用威也線，但最終因為佈景的預算不足，需與另一個由康文署主辦、我與國寶裴艷玲女士演出的《南戲北劇顯光華》共用同一個佈景，但兩者的底景是不同的。《南戲北劇顯光華》的底景是將中國每一個省以不同大小的篆刻圖章形式蓋成一個中國地圖，也花了我一番心思。

「粵劇之家」統籌的《玉皇登殿》總算是件好事，我們不只是演出，還把它錄影了。到了上海世界博覽會期間，八和會館就帶了《玉皇登殿》去上海演出，也是當時粵劇界一大盛事。

《南戲北劇顯光華》（一九九八年）

為甚麼會產生《南戲北劇顯光華》？有一次裴艷玲老師來香港，看戲時看到我的演出，當時我只是做小生，在那齣戲中我其實戲份也不多，但她覺得我的演出很規矩，很齊整。後來到了神州藝術節，我與南鳳的「鳳笙輝」演出《周瑜歸天》，那時裴老師也來了香港。適逢尚未演出，剛巧我在演《周瑜歸天》，她來看戲，看完後非常同意我的演出法，於是相約宵夜。她說我們可以合作演一齣戲，我當然開心，但隔了四年才能成事。

那次演出大家都盡了最大的努力，她與我合演《蘆花蕩》，那次合作非常好。第四晚做折子戲，我演《十奏嚴嵩》，裴老師演《林冲夜奔》，那時她的《夜奔》是最好的狀態，演出十分飽滿，動作俐落，年紀又是剛好的時候。到現在大家年紀都大了，只能做示範的演出，彼此都是量力而為，儘管有些動作現在已做不到，但若不能做回那種氣派，是說不過去的，因為要告訴後學這齣戲是甚麼感覺，這齣戲的氣派如何，有機會我還想做給大家看。至於第五晚的《鍾馗》，我演杜平，基本上承接他們的演出方式，唱回他們的皮黃及崑，

一九九八年《南戲北劇顯光華》演出單張

演出也算圓滿。後來有一次她到新加坡演出《鍾馗》，也專誠請我到新加坡陪同演出，大家合作愉快。

葵青劇院開幕（一九九九年）「文學經典・紅伶薈萃」（古典小說粵劇經典及宋元南戲粵劇經典）

我也曾參與葵青劇院（一九九九年）及元朗劇院（二零零零年）的開幕演出，還身兼策劃及統籌。

葵青劇院最初是與一個大劇團商議開幕演出的，當時我以為雙方已談妥，最多只是做小生或參與演出。忽然出了些問題成了阻滯，取消了合作，葵青劇院負責人便來找我，說無論如何要幫忙統籌開幕演出，當中就有不少花絮在內。

首先是搞甚麼節目好呢？我想不如演四大南戲及四大名著的折子戲。四大南戲是「荊、劉、拜、殺」，即是《荊釵記》、《劉知遠》、《拜月記》及《殺狗記》；四大名著是《水滸傳》、《西廂記》、《三國演義》及《紅樓夢》。

葵青劇院開幕獻禮節目名為「文學經典・紅伶薈萃」（古典小說粵劇經典及宋元南戲

粵劇經典），果真是紅伶薈萃，演員粒粒皆星，包括尤聲普、陳好逑、尹飛燕、李龍、吳美英、南鳳、蓋鳴暉、李婉湘、鄧美玲、賽麒麟、廖國森、高麗、新劍郎及我。

「古典小說粵劇經典」演出劇目有《水滸傳之宋江怒殺閻婆惜》、《紅樓夢之逃禪及幻覺離恨天》、《西廂記之拷紅》、《三國演義之長坂坡》。

「宋元南戲粵劇經典」演出劇目有《荊釵記之送別》、《劉知遠白兔記之井邊會》、《拜月記之搶傘》、《殺狗記之殺狗勸夫》。

匯聚一眾紅伶，演出當然成功，

「文學經典．紅伶薈萃」演出單張

葵青劇院開幕獻禮「文學經典．紅伶薈萃」演出場刊

但籌備過程中有一樣失誤，把我折騰得死去活來。我原本構思了用水波紋的佈景做戲台兩邊的布幕及台罩佈置，因為葵青劇場兩邊有很多空隙，有些是裝燈用，有些不是，看上去不像劇院，反像消防局的訓練台，感覺很礙眼，所以我構思用布幕將它圍封，以一個台罩的形式蓋着舞台。我在北京訂了一些繡水波紋的布幔，設計很特別，帶上北京加工刺繡，但遲遲未有消息，不論如何追問，只回覆叫我們等，結果最後未能完工。加工廠的理由很荒謬，說沒有這麼大的繡架來繡，其實我們知道布幔是一段一段地繡，然後縫合起來，怎會用一個台那麼大的架來繡？這是不可能的事，結果遲了一個月才完成到港，但那時我們已用不着了，這是當時我們一個很大的教訓。我每天與設計師周淑貞在劇院做到很晚才離開，明天又一早到劇院。沒有了北京的刺繡，我們只好另想辦法，找其他物料代替，那幾晚又擔心，工序又多，辛苦得無法言喻，有幾晚幾乎在葵青劇院席地而睡，這是一個慘痛的教訓。

元朗劇院開幕（二零零零年）《四進士》（開幕演出）

到了元朗劇院開幕，就演了一齣完整的《四進士》。人人都說《四進士》是京劇，我是翻譯或移植京劇來做，其實完全不是。粵劇也有《四進士》，雖然古本未必一樣，但亦找到片段。這裏需要澄清，《四進士》不是照抄京劇，我們的廣東戲其實是差不多的版本。

我邀請了逑姐（陳好逑女士）及尹飛燕與我拍檔演出，還親自執筆撰寫劇本，其他演出者有尤聲普、龍貫天、廖國森、新劍郎及敖龍。

高山劇場新翼開幕（二零一四年）

二零一四年，高山劇場新翼開幕演出，康文署邀請我去負責開幕節目，演出《大明烈女傳》，是費貞娥刺虎的故事，亦是明末遺恨的故事。最初本是邀請逑姐（陳好逑女士）

元朗劇院開幕藝術節《四進士》演出單張

二零一四年高山劇場新翼開幕獻禮《大明烈女傳》演出單張

擔演，但她身體抱恙，猶幸有尹飛燕首肯飾演費貞娥，參與演出的還有尤聲普、陳咏儀、呂洪廣、梁煒康、苗丹青、郭俊聲、張潔霞、詹浩鋒、陳銘英。我除了參與演出外，還編寫劇本及擔任藝術總監。

大型邀約演出

每個大型製作或演出，不論是香港藝術節、中國戲曲節或康文署的邀約演出，莫理是成功抑或失敗，都已盡了我的能力去統籌策劃、撰寫劇本及演出，總算問心無愧。當然有令人驚喜的時刻，亦免不了有痛苦的回憶，但最令我懷念的盡是當天的舞台拍檔、旗鼓相當的對手，不論大大小小，今天已成為回憶，自己亦不復當年。聊將多年來的大型演出單張刊印出來，留個美好回憶。

註解

【一】高根先生是擊樂領導高潤權及音樂領導高潤鴻的父親。

一九九六年香港藝術節《大鬧青竹寺》演出場刊

一九九六年香港藝術節《大鬧青竹寺》宣傳品

一九九八年香港藝術節《呂蒙正．評雪辨蹤》演出單張

二零零零年香港藝術節《三帥困崤山》演出單張

二零零零年廣東傳統小武戲專場演出單張

二零零二年香港藝術節《文武雙全陳好逑》演出單張

二零零二年《大鬧廣昌隆》演出單張

二零零三年香港藝術節《金葉菊》演出單張

二零零三年《伍子胥傳上、下本》演出單張

二零零四年香港藝術節《大龍鳳大時代》演出單張

二零零八年香港藝術節《關漢卿筆下的關大王及盼與望》演出單張

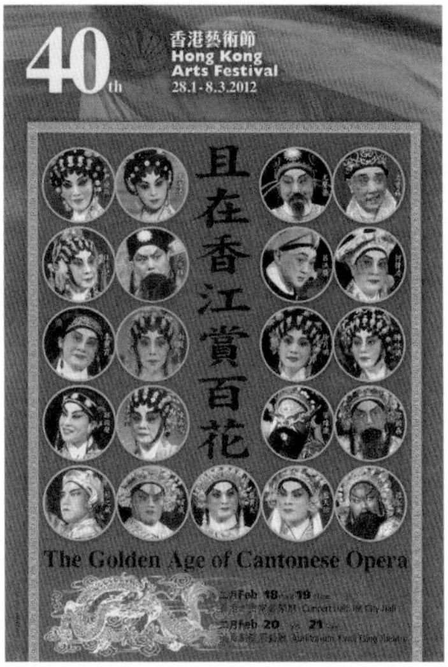

二零一二年香港藝術節《且在香江賞百花》演出單張

二零一二年中國戲曲節《無私鐵面包龍圖》演出單張

二零一七年《粵劇南派藝術精粹——武松》演出單張

二零一八年中國戲曲節《文姬歸漢》演出單張

後記

終於來到此書最後的一章，但我始終覺得自己是否真的有足夠資格寫一本關於自己演出法的書？猶豫與顧慮一直揮之不去。「神童」也好，「萬能泰斗」也好，於我也是一個似是宣傳句語的虛銜。這七十年來，是否真的對得起恩師及其他師傅的教導？才是我最放不下心的事，特別是寫到「恩師戲寶永流傳」那章時，五味紛陳，與師父二十四年的師徒歲月，是我演藝生涯中最不能忘懷的日子。他離開了我快四十年，他的戲寶可否流傳下去，已不是我這個徒弟所能控制。更令我心痛的是，絕少有人問我當年麥炳榮先生如何演繹他的戲寶，獨力難支大廈，不論我如何去繼承他的演出法，終有一天他的戲寶都會失傳！實在令人痛心。除了演戲，他的處世方式與胸襟也是我望塵莫及的。

我只收了一位學編劇的方文正為徒，演員則不敢收，不是因為我不肯教，而是怕無人肯跟我的學藝模式去學戲，既然如此，何必掛上師徒之名，而無師徒之實。後輩想學，我就去教，他們不學，我也不會勉強。一切隨緣吧！

鳴謝

此書能成，十分感謝馮立榮校長、伍達僩女士、康樂及文化事務署、香港藝術節、《粵劇曲藝》月刊、天地圖書有限公司、蘇仲女士、李夢蘭女士。

www.cosmosbooks.com.hk

書　　名 此生無悔付氍毹

作　　者 阮兆輝

責任編輯 張宇程

美術編輯 郭志民

書名題字 伍達僩

圖片提供 蘇　仲

出　　版 天地圖書有限公司
香港黃竹坑道46號
新興工業大廈11樓（總寫字樓）
電話：2528 3671　傳真：2865 2609
香港灣仔莊士敦道30號地庫（門市部）
電話：2865 0708　傳真：2861 1541

印　　刷 亨泰印刷有限公司
柴灣利眾街27號德景工業大廈10字樓
電話：2896 3687　傳真：2558 1902

發　　行 聯合新零售（香港）有限公司
香港新界荃灣德士古道220-248號荃灣工業中心16樓
電話：2150 2100　傳真：2407 3062

出版日期 2023年6月／初版・香港

ISBN ： 978-988-8550-82-1